日本新锐作家文库

才能
タラント
〈上〉

[日]角田光代 著
侯为 译

青岛出版集团 | 青岛出版社

Talent by Mitsuyo Kakuta
Copyright © Mitsuyo Kakuta,
2022 All rights reserved.
Originally published in Japan in 2022 by CHUOKORON-SHINSHA, INC.
Simplified Chinese translation copyright © 2024 by Qingdao Publishing House.
This Simplified Chinese edition published by arrangement with Kakuta Mitsuyo
Office, Ltd./Bureau des Copyrights Français Tokyo, and CREEK & RIVER CO.,
LTD.

山东省版权局著作权合同登记号　图字：15-2022-149 号

**图书在版编目（CIP）数据**

才能 /（日）角田光代著 ; 侯为译 . -- 青岛 : 青岛出版社 , 2024.1
ISBN 978-7-5736-1717-0

Ⅰ.①才… Ⅱ.①角… ②侯… Ⅲ.①长篇小说—日本—现代 Ⅳ.① I313.45

中国国家版本馆 CIP 数据核字（2023）第 215002 号

| | |
|---|---|
| 书　　名 | CAINENG<br>才能 |
| 著　　者 | [日]角田光代 |
| 译　　者 | 侯为 |
| 出版发行 | 青岛出版社 |
| 社　　址 | 青岛市崂山区海尔路 182 号（266061） |
| 本社网址 | http://www.qdpub.com |
| 邮购电话 | 0532-68068091 |
| 策　　划 | 杨成舜 |
| 责任编辑 | 霍芳芳 |
| 特约编辑 | 张庆梅 |
| 封面设计 | 今亮后声·核漫 |
| 插画设计 | 尔凡文化 |
| 照　　排 | 青岛可视文化传媒有限公司 |
| 印　　刷 | 青岛双星华信印刷有限公司 |
| 出版日期 | 2024 年 1 月第 1 版　2024 年 1 月第 1 次印刷 |
| 开　　本 | 32 开（889 mm×1194 mm） |
| 印　　张 | 21.75 |
| 字　　数 | 310 千 |
| 印　　数 | 1—6000 |
| 书　　号 | ISBN 978-7-5736-1717-0 |
| 定　　价 | 89.00 元 |

编校印装质量、盗版监督服务电话：4006532017　0532-68068050
上架建议：日本 / 文学 / 畅销

## 译序 关于才能

角田光代是一位多产的日本女性作家,她的很多优秀作品被引进国内翻译出版后,得到了众多读者的喜爱。

这部《才能》是作者2022年2月出版发行的作品,通过描述美野里、宫原玲、睦美、远藤翔太等人物从上大学参加志愿者活动到毕业后追求梦想的过程,思索和探讨了才能、使命、善恶、信仰、正义等富于哲理性的命题。

当然,文学作品并不会像哲学著作或教科书那样论述某些观点，也不会建议甚至规定读者必须怎样想、怎样做。作者在故事中采用较多的设问，促使读者通过人物的所想所做去感悟人生哲理。

虽然这个故事仍以四十岁左右的女性为主要角色，但在她周围有两三位亲密朋友，主要舞台从家庭生活转向更加广阔的社会活动，人物也更多、更加富于个性。

故事的主角美野里到东京上大学后，加入了志愿者社团"麦之会"。她出于善意为社会做贡献，却意外遭遇挫折，甚至得不到相应的理解，再加上亲眼看到和亲身经历了难以想象的事件，因此深受打击，精神一蹶不振，迷惘彷徨了很长时间。在"3·11"大地震造成的混乱中，美野里偶遇山边寿士，并和他相识，相爱，结婚，从此振作起来，并找到了继续为社会做贡献的目标……

第二次世界大战前，还在上大学的美野里的外公多田清美擅长田径运动，具备参加顶级赛事的实力，心怀在国际赛事中夺标的热望，却被迫上战场参战，伤残生还。清美对不堪回首的往事避而不谈，引起美野里和美野里的侄儿小陆的重重疑问……

小陆还是个初中生，处于较为特殊的年龄段。他在旷课期间，为曾外公清美整理房间，发现了大量署名为"凉花"的信件，随即与姑姑美野里展开了侦探推理般的"调查"……

七岁时因骨癌截肢的持丸凉花在运动专用假肢练习会的活动中遇到了七十多岁的多田清美，受到激励，克服重重困难，终于获得直通东京残奥会的参赛资格……

这部作品时空跨度较大，人物也从第二次世界大战前到当代（2020年），四世同堂。作品描述了美野里和志愿者社团的伙伴们参加研学旅行活动去外国考察，拓展了国际性视野，深入地思考了地域性差异和文化差异等问题。

作者在创作这部作品时参考了很多相关文献资料，故事的结构富于立体感、画面感、代入感，近似于纪实文学。作者在这部小说中采用了较为随意松散的语体，也提到过宫原玲撰写面向少儿的纪实文学作品，以及睦美采用口语体撰写调查报告。

勤于思考、善于思考是作者的特点之一,作品中"思考"一词出现得较为频繁。主角美野里也经常思考"才能"这个话题,并将其与"使命""正义""善恶""信仰"等概念联系起来。她想为社会做贡献而参加了志愿者社团活动,却屡遭挫折,陷入了迷惘和深思。看来,即使具备了先天之才和后天之能,想要合理运用它们,还需有相当的智慧。

美野里与志愿者社团的好友宫原玲、睦美组成"文殊智慧三人组",再访曾援助过的尼泊尔的穷困村庄。在那里,她体验到强烈的震撼和感动,"三观"发生了巨大变化,增长了智慧。那么,具备了才能和智慧,是否就能获得巨大的成功呢?

这部作品又向读者提出了"才能与命运"的思考题。

多田清美虽具备优秀田径运动员的素质,却因身处战争时代而无法大展身手,被迫上战场参战并伤残生还。在战争结束后,运动专用假肢的研制不断发展,多田清美虽仍有机会通过训练重返赛场，但战争不仅给他造成了身体残疾，还带来了精神创伤。生不逢时的多田清美对田径运动和重返赛场彻底绝望，已经难以实现青年时代的宏图大志。可见，在大自然和人类社会的剧烈动荡中，个人命运坎坷多舛，显得极为弱小。

中国有句古诗曰："天生我材必有用。"这里将下句改成："蓄势以待良机来。"正像文中某男子鼓励多田清美时所讲，要以所剩有限之才发挥无限之能。年轻的跳高选手凉花经过刻苦训练，达到了世界级水平，并为世人做出了学习的榜样。

除了智慧和命运之外，才能还与道德密切相关。所谓"道"是指大自然的规律或曰法则，而"德"则是指人类进化过程中形成的行为规范。美野里虽然尽力按照道德规范去努力做事，却频频遭遇挫折。她与伙伴们谈论"使命"等正能量的话题时，往往得不到正面回应，这说明社会出现了病态。在这样的环境中，年轻人走出大学校门，当然会迷惘彷徨，深陷"无力感"之中。

中国还有一句名言曰:"读万卷书,行万里路。"美野里她们虽然在学校里读过很多书,但"走路"(社会实践)却很少。有些人只读书,不走路;有些人只走路,不读书;有些人先走路,后读书;有些人先读书,后走路;有些人边读书,边走路。美野里渴望走出家乡,走向世界,这是正确的选择。她通过志愿者活动与社会接轨,增长了更多智慧,感悟了更多事理。

作品中引用了一句《圣经》语录:"一颗麦粒若未落地就死去,那它仍只是一颗麦粒;而若落地死去,就会结出丰硕的果实。"前一个"死去"与后一个"死去"概念不同,后一个"死去"是指"生命的延续",或曰"转生"。我们每个人都可以是一粒种子。

作者在文中还提到了"泰伦特",而"泰伦特"是西方古代衡量巨额财富的单位,与"才能"一词同源。"巨额财富"与"才能"结合,发生了"化学反应",用于表示上天赋予每个人的精神财富。因此,每个人都应善于管理和运用自己的"泰伦特"(才能和财富),为世界造福。

作者在尾声也留下了悬念。美野里鼓励小陆撰写有关曾外公的故事，小陆讲述的故事会是怎样的呢？期待作者今后继续创作鸿篇巨制，向我们讲述更加美丽动人、发人深省的故事。

侯为

2023 年 4 月 30 日

# 目 录

译序
关于《才能》
1

**序章**
1

第一章
回乡
5

第二章
出发
61

第三章
旅途
115

第四章
旧友
227

第五章
追寻
273

第六章
坎坷
339

第七章
低谷
445

第八章
向前
571

尾声
669

序章

感觉与感情不同，不可混为一谈。

肚子饿了，这是感觉。因肚子饿了而心生悲哀，这是感情。

挨打时会感到疼痛，这是感觉。因挨打时的疼痛而懊丧不已，这是感情。

例如看到河畔盛开的花朵后觉得它很美丽是感觉，觉得轻松怡然则是感情。

天空湛蓝，心旷神怡，兴致勃勃。

尽情高歌，神清气爽，胸怀坦荡……神清气爽是感情吗？不，是感觉吧？

行窃得逞，就觉得成功得手……是这样吗？或许会松一口气，或许会心生不快，或许会焦躁不安。

原来如此，感情因人而异。不，感情并非仅仅因人而异，还因时而异，因事而异，是一种模糊的精神状态，所以才最不可信啊！

在没有任何其他选择，只能接受被强加的事物或事件时，感情就会因此而变得错综复杂。例如，想上学却上不了……对，想上学，非常非常想上学却上不了，会产生心急如焚的感觉。而说到感情，就全都是难过、懊恼、失望、悲伤等负面情绪。所以感情不可相信，要摒弃。心急如焚也只能是心急如焚，焦躁不安也只能是焦躁不安。既然如此，也许只能接受这个事件或事物，这样至少不会感到悲伤和痛苦吧？

不过，在考虑自己是谁的时候，这就不是感觉，而是感情了吧？即使一年后、十年后，人本身发生了变化，但看见花儿，内心依旧会感到轻松怡然，听闻有行窃偷盗之事，依旧会心生不快——这说的不就是那时的我本身吗？

# 第一章　回乡

# 二〇一九年

听到"本航班正在降低高度,准备着陆"的客舱广播后,美野里把额头凑近舷窗。飘浮的白云下湛蓝点染,那是海面。过了不久,飞机穿过厚厚的云层,湛蓝铺展开来。海面上既没有航船,也没有波浪,美野里凝望着纯净的湛蓝。

在后排座位,有个婴儿在哭喊。婴儿不知气压发生变化会引起耳部不适,也不知打个哈欠就能缓解,更不会向母亲诉说耳朵难受。婴儿一无所知,或许其感到耳朵深处像是嗡地破裂了一般,因而十分恐惧。美野里听着婴儿越来越大的哭声,心里想道。这时,又传来母亲安抚婴儿的低语声,还有美野里正后方座位上的乘客故意夸张地发出的"喊"的咋舌声。婴儿继续大声哭叫,母亲轻轻发出"嘘"声。过了不久,舷窗外出现了岛屿的边缘,接着是重重山峦和鳞次栉比的屋顶。

美野里有一种"我被带回来了"的感觉,虽然她早已习惯,却依然略感困惑。自从去东京读大学以来,美野里已多次回乡探亲。那并非"被带回来"的,而是个人意愿,并且逗留数日后就会返京。但是,每次降落在这座二十年前曾于此乘坐飞机起飞的机场时,美野里都会感到"被带回来了"——被带回了曾经满怀期待、兴奋不已地离开的地方。

当安全带指示灯熄灭后,乘客们纷纷站起身来,在过道上排起了长队。婴儿的哭声和母亲"嘘——,安静"的制止声穿透嘈杂,传了过来,美野里若无其事地回头看去,正好与怀抱婴儿的年轻女子四目相对。女子难为情地垂下眼睛,美野里觉得过意不去:她以为自己是在责怪婴儿哭叫吧?

队列开始缓慢前行,美野里从行李架上取出背囊和装着礼品的纸袋,慢慢地跟在后边。

从机场乘大巴到家需要四十分钟左右,美野里上车后坐在前面靠窗的座位上,然后打开手机。丈夫寿士在LINE①上发来信息问到了没,美野里输入"到了"并发送了熊猫敬礼的表情。婴儿的哭声传来,美野里抬头一看,还是刚才同乘飞机的母亲和婴儿。坐在背带里的婴儿仰头哭叫,声音已经嘶哑。母亲一手按住背带,一手提着大布袋,哭丧着脸走过通道,坐到美野里身后的座位上。美野里想蒙住脸回头逗逗婴儿,但转念想到也许这位年轻母亲会以为她是在责怪哭叫不止的婴儿,不,年轻母亲也许会以为她是在责怪没哄好孩子的自己,就默默地继续摆弄手机。

大巴发车了。上次回来是在岁末年初,时隔半年再次见到的风景并没引起久别的眷恋,美野里只感到兴味索然。背后的婴儿还在哭,却已听不到母亲安慰和制止的声音,美野里有些不放心,就若无其事地从椅背

---

① 日本的一种聊天软件。

间两毫米的缝隙向后看,但只能看见些许像是婴儿衣服的东西,完全看不见母亲的样子。

美野里前往东京是在一九九九年,虽然以前也曾在学校的修学旅行或全家旅行时坐过飞机,但十八岁那年的春天感觉最兴奋,那种膨胀到要爆炸的喜悦之情,现在仍记忆犹新。当时她心想:我要出去了。当时她还相信自己能出去。

美野里在倒数第二站下了车,下车前还是不放心地回头看了一下后边的座位,婴儿已停止哭叫,睡着了,年轻母亲呆呆地望着车窗外。美野里松了一口气,下车后朝与大巴行进路线相反的方向走去。

蓬莱屋门前一如既往地排着长龙。蓬莱屋是由美野里的外公外婆始创的乌冬面店,现在由美野里的舅舅一家掌管。

蓬莱屋前是狭窄的单行道,对面有个专用停车场,周围一圈是美野里亲属家的居舍。停车场最里边的独栋是美野里家,面朝蓬莱屋方向右侧是外公家,左侧是舅舅家。舅舅的长子多田嘉树已经结婚,一家人住在蓬莱屋的二楼。从美野里出生时起就是这样，所以她对这种家族聚居的生活模式没有任何抵触。当她在东京开始独立生活时，面对那种过度强烈的解放感，她甚至会感到茫然无措。别说周围没有认识的人，看样子周围人根本就不愿相互认识。美野里对此深感惊讶，甚至把对这种寂静的不适感错当成了思乡病。

美野里在进自家门之前，先拨开了外公家的房门。从里边传出电视机的声响。

"我回来啦！"美野里在玄关前喊道。

"噢——"从里间传出外公的应答。美野里脱下鞋，走上台阶，经过走廊去客厅。这是个八铺席大的房间，里面有灶台、餐桌、旧沙发和电视机。外公清美正坐在沙发上看电视，餐桌上杂乱地放着报纸、广告单，还有点心包装袋和盛着没吃完的主食面包片的盘子。

"外公，您还好吧？"美野里边问候边收拾散落在地板上的广告单、废纸和团扇。

"还行吧！"清美嗓音含混地答道。

"这是礼物,'东京芭娜娜'的点心。您以前就很喜欢吧?过会儿和外婆一起吃吧!"

美野里简单地收拾了一下餐桌,把纸袋放下,随即就要离开。

"小陆在楼上。"清美像要压过电视机的声音似的大声说道,"小陆——,美野里回来了。"

"小陆,你在这边吗?"美野里着急地喊道。小陆是她的哥哥多田启辅的儿子,也就是说,是美野里的侄子。启辅在房地产公司工作,与蓬莱屋毫无关联,同家人住在JR车站附近的公寓里。嫂子由利在一周前发来了电子邮件,说黄金周结束后,不知为何,小陆开始不去上学了。

虽然从电子邮件中感觉不到有多严重,似乎只是在日常联系时顺便提到的,但美野里还是回复说"需要我和小陆谈谈吗?",而嫂子对此的回复还是漫不经心——"我倒也没太担心啦!"

一阵下楼梯的响声之后,小陆在门口露出面孔。"啊,姑姑!"初中二年级的小陆开始变声了,美野里还没完全适应。小陆比岁末年初见到时长高了些，肩膀也似乎稍稍宽厚了些，但脸上依然洋溢着孩子般的爽朗笑容。

"小陆，你在这儿？发生什么事儿了吗？"

"哪里呀？什么都没有。我刚才在看漫画呢！"

对话中断，小陆尴尬地笑笑。他看到餐桌上的纸盒，夸张地大声说："啊，东京芭娜娜。"然后问："我可以吃吗，曾外公？"清美点头，发出既不像"嗯"也不像"哼"的回应，小陆打开盒盖，拿出一块单个包装的点心，说了声"那好，回见"，然后就走出了房间。

"这孩子，没去上学吗？"美野里听到脚步声上楼后，凑近清美耳旁问道。

"啊？是呀！"清美依然盯着电视机慢吞吞地答道，"不过吧，他来我这儿也帮着做很多事。"

可能是启辅或由利对小陆说过，既然不上学，就去曾外公那儿吧。美野里想到这里，说了声"我过后再来"，就起身出去了。

美野里离开外公的房子，走向自己家。她和外公以前就聊不到一起，外公总是沉默寡言，而自己既没什么想法可讲，也没什么事情可报告。如果向他问起什么，回答也总是重复的模棱两可的话语。不过，美野里以前就喜欢外公，在亲属中，她与外公最亲近。

玄关的门锁开着，可家里却空无一人。母亲可能在蓬莱屋，而父亲或许去打零工了，也或许在哪里游玩。这边和外公家一样，餐厅桌上散乱地摆放着用橡皮圈绑着的仙贝饼干袋、某种缴费单和主食面包袋。美野里把礼物放在杂物上面，随即上了二楼。

一直到高中毕业，美野里都住在这个房间，而现在已被清理得差不多了。粉红色地毯、书架、书桌都已被处理，取而代之的是蒙灰的纸箱和覆盖着塑料薄膜的健身器材，只有那张床依旧摆在窗边。美野里脱下外套，挂在立柜里的衣架上，回头环视屋内。她曾在这个房间里听音乐，学习，翻阅漫画杂志，给朋友们写信，现在却难以忆起那一时期的情景了。

晚饭决定在舅舅家一起吃，六点钟过后，美野里和回来的母亲一起前往舅舅家。刚拨开玄关门，喧闹的电视机声和交谈声就迎面扑来。

"要我帮什么忙吗？"母亲边脱凉鞋边问道。

"打扰啦！"美野里也跟着打招呼。

客厅里矮桌紧挨着长方形茶几摆放，舅舅克宏已开始边喝啤酒边吃着什么，看到美野里后，无所谓似的说了声："噢，你回来啦。"

"珠美，来帮忙端一下炸鸡块。"舅妈容子在厨房喊道。母亲朝那边走去，美野里也去了厨房，接过舅妈递来的大盘菜和玻璃杯，送到客厅。母亲端着分盛饭菜的餐盘给外公外婆送去。外公外婆的餐食从几年前开始就由舅妈和母亲轮流制作了。

生鱼片、炸鸡块、煮菜和通心粉沙拉摆放在矮桌和茶几上，美野里的父亲也换了便装进屋来。七点多，晚餐开始了。舅舅、舅妈加上美野里和父母，五个人的谈话声在晚餐席间交织。

他们并不认为小陆不去上学而在曾外公家看漫画是什么严重事态。舅舅建议小陆申请参加明年的奥运圣火传递活动，还认真考虑了外公进养老院的事并开始寻找空床位。嘉树他们全家今天去吃了回转寿司。这里面既有美野里想进一步了解的事情，也有她觉得无足轻重的事情，交谈像流水般进行，话题接连转换。

"那你为什么回来了呢？"母亲珠美突然转向美野里，问道。

"倒也不为什么，就是由利担心小陆的事儿，我想回来看看情况。"美野里给自己的杯子倒上啤酒，答道。

"就算你回来了，也无济于事吧。"父亲说道。

"那倒也是。不过，我觉得带他去东京待几天，也许会好些吧。"美野里说道。

"你就是带他去了东京，又能怎样？"母亲笑着说道。

"小陆性格开朗，又容易得意忘形，不用担心啦！"舅妈认真地说道。

"你动不动就回娘家来，寿士居然不会对你有意见啊！"母亲惊讶地说道。

"寿士还好吗？"舅妈问道。

"寿士，就是电影的……"舅舅像要唤起记忆似的仰望着天花板。

"不是导演，就只是在电影公司工作吧？"母亲补充道。

"虽说如此，现在还没要孩子，挺遗憾呀！"舅舅依然望着天花板说道。

欢快热闹的席间顿时坠入尴尬的沉默。

"我说你呀，嘉树和大晴不是都叫你别提那事儿了吗？就因为你老是那样，所以由纪乃也厌烦，就不来了嘛！吃回转寿司什么时候去不行？明明知道美野里回来了！"舅妈心直口快地责备道。

"不是因为厌烦才不来吧。孩子喜欢回转寿司嘛！"父亲劝解似的说道。

"就因为没孩子，我才能这样动不动就回来嘛！寿士对我很好，我感到很幸福呢！"美野里轻松地说完，喝干了杯中啤酒，"哦，舅舅喝烧酒吗？你喝的话我也喝！"

"噢，那就帮我加点儿冰块吧！不，还是加水吧！"

"不用不用，舅妈坐着吧！我去取。"

美野里说完，起身走向厨房。

蓬莱屋上午八点钟开门营业。这里开始人气渐旺是在美野里上初中之后，而最近，早上七点半门前就有顾客排队了。外婆笛子退居二线之后，舅舅克宏接手店铺，年近七十岁了依然坚守在厨房里。克宏的长子嘉树承担助手角色，舅妈容子和美野里的母亲珠美负责制作天妇罗和炸豆皮寿司这类搭配性菜品，几位打工的年轻人承担洗餐具的任务。退居二线的外婆把椅子放在顾客取乌冬面和天妇罗的柜台一端，俨然摆件似的坐在那里。她这是为了和常客们聊天，如果没有熟悉的面孔，她就端坐在那里盯着电视机，纹丝不动。据说，有的游客看到后还以为她是人偶，于是搂着外婆的肩膀想拍纪念照，忽然觉得触感不像人偶，就喊"呀，活着呢"。嘉树在很早前的正月时就笑着讲过这事。

美野里披上夹克衫，出门走向外公家。她招呼了一声"早上好"，从里面传出外婆的声音——"是美野里啊"。美野里从玄关走上台阶，来到客厅，只见外婆正在餐桌旁喝茶，看样子和岁末年初回来时没什么变化。

"这个包子……，谢谢啦！你喝茶吧！"外婆刚要起身，美野里拦住她并从橱柜里取出茶碗，拿起桌上的茶壶，倒进茶水，坐在对面啜饮起来。

"外婆还是这么精神啊！"美野里说道。

电视机开着，还是昨天那么大的音量。

"腰疼得受不了。"

"外公不久就要进养老院了吧？"美野里问道。

"是啊！你看，我的腰有毛病，太不方便了。你外公要是进了中心，也能随意地请人帮忙洗澡。不管怎么说，那里都是专业人员。你看，现在只靠容子和珠美的话有点儿……，所以得找服务人员上门来。那也是两周一次啊！上厕所虽然已经习惯了，可不方便还是不方便呀！而且待在这里，不是躺着就是看电视嘛！不过，他以前就是那样。"外婆不像是对着美野里，倒像是对着餐桌在诉说，盯着一个点滔滔不绝。美野里想：

外婆说的中心可能是指养老院，而服务可能是指上门照护服务吧。她边听边点头。

"啊，快到开店时间了吧？都子先前说过今天上午要带孙子来。"外婆双手撑着桌面，"嗨哟"一声站起身来，"你怎么办？一起去？"

"不，我去向外公打个招呼，马上就走。"

"他还睡着呢！"外婆说完，沿着昏暗的走廊慢慢前行。玄关拉门上镶着磨砂玻璃，映出四角形的光亮。美野里目送外婆的背影仿佛被那光亮吸入般消失在门外，然后来到外公的房间。

美野里说了声"早上好"，便向里边望去，只见卧床熟睡中的外公微微张着嘴。蕾丝窗帘吸饱了阳光，老旧的平柜紧挨墙壁摆放，柜前有一把折叠起来的轮椅，下面扔着一条使用过的假肢，薄薄的夏凉被随着外公的呼吸微微起伏。美野里移动视线，看到外公下肢处的盖被异样地塌陷着。外公左腿伤残，已从膝部上方截肢，就那样从战场上生还——这是美野里从小听外婆讲的。外公本来就沉默寡言，更是闭口不谈战争，因此难辨虚实。

美野里捡起落在地板上的衬衫，正要叠起时，发现从中掉出了什么东西，原来是一个信封。她屈身拿在手中一看，只见上面用圆滚滚的字体写着"多田清美先生"，邮票是岩崎知弘的绘画，邮戳是东京的。外公和那种圆滚滚的笔体不太搭调，美野里不禁翻过信封，查看寄信人。信封背面只有"凉花"二字，没写姓氏。美野里瞬间想到可能是在风俗店工作的年轻女子的来信，可年过九旬的老人不可能独自去那种店。

可能是风俗店以登录在某处的个人信息为依据，挨家挨户地派送直邮广告吧，最近的直邮广告可能就是这样下足了功夫。美野里任意地猜测，并把信封放回广告单下。她想起，母亲曾埋怨说最近常有推销墓碑的电话打来。

外公没有要醒来的迹象，依然微张着嘴熟睡着，他的嘴里显得格外黑。美野里移开视线，经过微暗的走廊，把手搭在门上。就在她要开门时，门从对面被猛地打开了，同时出现了一个仿佛照着人形剜出来的黑影，美野里不禁发出惊叫声。

"哇！"那个黑色人影也叫道。

背光站在门口的是小陆。

"是小陆啊！"

"你喊什么呀？"

"抱歉，抱歉！小陆，你这么早就过来啦？"

"哦，倒也不总是这么早。"

"你没什么急事儿吧？"

"什么事儿都没有。"

"一起去散步吗？早上的散步。曾外公还在睡觉呢！"

"'早上的散步'是什么呀？"小陆笑了。他一笑嗓音就变得嘶哑。

蓬莱屋前的队列比刚才更长了，本已老旧发黄的门帘在阳光中如同新的一般熠熠生辉。虽然店门开着，但从街上看不到里面的情形。美野里同小陆并排走在住宅区街道上。小陆身穿牛仔裤和长袖Ｔ恤衫，个头已经超过一米五五的美野里了。

"你身高一米几？"

美野里一问，小陆又笑了。

"四月量身高时好像是一米六二吧，现在不清楚。姑姑问得好奇怪。"

"是吗？"

"就是呀！"

在住宅区街道左转，前行不久就来到交通量较大的干线道路上。美野里并没有特定的目的地，只是沿着街道向前走。虽然有很多男女像是要去车站，但其中并没有学生模样的人。美野里本想问小陆学校几点上课，却把话咽了回去。

在小陆上小学低年级时，美野里每次回乡探亲都常和他聊天玩耍。可是，后来就不太清楚该和他聊什么了，在小陆上初中后，好像连聊天都有些难为情了。这是因为美野里周围很少有年龄半大不小的孩子。即便如此，小陆依然无拘无束，虽然已经开始变声，但依然保留着那份天真无邪。所以，像这样两人在一起时，美野里也不会紧张。她虽然想象不出这样的小陆为什么会突然不去上学，但在早上明净的阳光下并排散步，就感到正如亲属们所说，这并非要紧之事。她反而觉得，如果问起"听说你不去上学了"，小陆就会紧闭心扉，不再正面讲述实情。美野里什么都不说，继续前行，走过还没开店的弹珠游戏厅和烤肉店。

沿这条干线道路直走，就来到了繁华街，这里有电车站。走进繁华街时，主干道沿线的商店也越来越多，弹珠游戏厅、烤肉店、眼镜店都还没开门。即使商店越来越多，即使走进繁华街，天空依然广阔。美野里再次确认，还是这座城市的天空更加广阔。她每次回来都会反复确认天空的广阔，继而回想起离开这座城市时的感觉。

"我不喜欢这里的天空的感觉，所以才决定去上县外的大学的。"

美野里似乎不是在对小陆说话。

"你是说天空的感觉吗？"小陆仰望着天空问道。

"感觉很广阔吧？尽管广阔，却有种非常接近的感觉，仿佛天花板般接近。"

"啊？我不明白你在说什么。而且，我只见过这片天空，并不清楚是广阔还是接近。"小陆仰望着天空，索然无味地说道。

两人走在繁华街的拱廊下，天空被遮挡住了。大部分店铺还关着门，但咖啡馆和面包店已经开门了。

"喝杯咖啡吧？"

美野里停下脚步，小陆点了点头。

"你爸经常唠叨吧？"

两人并排坐在窗边的座位上，美野里果断地开口问道。

"啊，为什么这么问？"

"你每天都去曾外公那里吧？"

"我爸说：'你要是不上学，就去曾外公那里帮忙吧！随便干点儿什么就行。'"

"那你妈妈呢？"

"妈妈倒是没说什么，像是在看我怎样表现。"小陆答道，并笑着重复自己说的"怎样表现"，然后盯着杯中的冰拿铁说，"大家都建议我去参加圣火传递。

哦，不是学校的圣火传递，而是明年的奥运会的圣火传递。"

"在哪里跑？东京？新国立竞技场？"

美野里对奥运会不感兴趣，所以知之甚少。她只知道预定明年在东京举办奥运会，但依然没有兴趣。

"不是的，在香川县也要跑呢！时隔五十多年啦！不过，其他地方都一样吧！所以，克宏舅爷也说，下个月开始面向社会公开招募，叫我去报名。我爸也这样说，学校的老师也这样说。"

"为什么？因为你跑得快？"

"不是。好像……"小陆急忙把视线移向天花板和店外，像是在寻找适当的词语，"他们似乎不太担心，但又觉得我不做点儿什么也许会出问题。"他字斟句酌地说道。

这就是说，小陆最近旷课次数增多，虽然谁都不认为这是严重的问题，但如果放任不管，也有越来越严重的危险性，因此大人们就想让小陆定个目标。美野里觉得这样解释较为合理。

"即便他们不这样想,过些日子我也会去上学。"小陆噘着嘴说完,忽然看着美野里,问道,"那,现在又不是盂兰盆节,姑姑怎么回来了?"

这虽然像是转换话题,但美野里心头一惊,感觉被小陆猜到了什么,一时语塞。小陆虽然这样发问,却并不等待回答,把冰拿铁的吸管叼在嘴上。

"倒也没什么特殊原因,也许盂兰盆节回不来呢!"美野里答道。

"这回要住到什么时候?"小陆继续问道。

"星期六回去。"

"工作也放下了?"

美野里再次穷于立即应答,掩饰道:"我没做什么重要工作,所以休息一个月也没问题啦!哦,那样还是会被解雇吧。"她快速说完就笑了。

拱廊街上来往的行人渐渐增多,对面商店门口停了一辆货柜车,一个又高又胖的男子从驾驶席憋屈地下来,从后边卸下许多纸箱,然后摆在店前。纸箱侧面印着蔬菜的名称和图案。他的动作熟练、干脆,可能是因为每天都要重复这种作业,美野里望着那个司机想道。

美野里心想:父母虽然知道自己现在在做什么工作,但未必了解得很详细,就像他们只知道美野里的丈夫在从事与电影相关的某种工作一样,也就是这种程度吧。舅舅一家和哥嫂知道的应该更少,"美野里好像在东京一家雅致的糕点铺当售货员",也就是这点儿印象吧。比起这些,像"放弃了梦想""脱离了精英路线""掉队了"这种印象会更加强烈吧。胸怀强烈愿望考上大学,想去外面的世界展翅翱翔却没成功——美野里知道大家都会这样看待自己。虽说如此,但大家平时都是各自忙碌,性格也都粗枝大叶,所以对去了外地的人并无更大兴趣,对美野里的情况也只有模糊的认识。美野里对此感到十分庆幸。

不过,"美野里好像掉队了"和"美野里夫妻没孩子",这对于父母来说都是"极为遗憾的事情",并被本族亲属,特别是老人们看成是"极为可悲的事情"。虽然他们谈论这个话题时意外地漫不经心,却又像对待肿包般小心翼翼。美野里已经习惯了他们的这种态度。

小陆对此当然无从得知,即使问到工作方面的事,也并非出于兴趣,而只是为了继续对话吧。美野里注意到杯子都空了,就把它们放在托盘上。小陆迅速站起,把托盘送到餐具回收窗口。

美野里完全理解周围大人们建议小陆参加圣火传递活动的心情,也同情身处这种环境中的小陆。不过,她并不清楚小陆实际上对那些话是怎样理解的。

"我离开这里时,你要不要一起走,去东京?"走出咖啡馆的自动门后,美野里不假思索地问道。

"为什么?"小陆露出茫然不解的表情反问。

"不,倒也不为什么。反正你现在有空闲,就算是散散心吧,而且可以住在我家。还记得寿士吧?他人很随和,你不用担心。"

美野里说完,小陆耸了耸肩,然后在拱廊街向前走去。

"姑姑,你现在要去哪里?"小陆忽然停下,转身问道。

"超市已经开门了吧。我买些东西就回家。"

"那过后再见。谢谢你的冰拿铁。哦，对了，姑姑，你有空陪曾外公散散步吧！"

"啊？怎么散步？拄拐杖？"美野里问道。

"让他坐在轮椅上，在附近转一圈就行。我一个人有点儿困难。"

美野里点头说"明白了"，小陆不知为什么端正姿势敬了个礼，然后转身沿拱廊街走了。

清美只是卧床时间较多，其实他既能自己站立，也能拄着拐杖行走。在美野里还没离开家乡时，清美曾经穿着假肢，但八十五岁以后就经常使用轮椅了。他有时也会拄着拐杖行走，但这几年已很少看到他主动外出了。在参加庆祝活动和家族集体活动时，就由多田家的男士帮忙上下车。

由于清美说走路太累，美野里就照小陆说的把轮椅推到玄关前。清美不穿假肢，拄着拐杖经过走廊，然后把拐杖递给美野里，自己坐在轮椅上。美野里和推着轮椅的小陆来到外边，只见蓬莱屋前已没有人排队，停车场上也冷冷清清。时间还不到下午四点，蓬莱屋已经打烊了，店门大开，能看见在里面打工的年轻人正在清扫地面，擦桌子。

"哎呀！你们要带上曾外公去呀！"母亲从窗口露出脸，大声说道。

"我们就去那边转转。"美野里也喊着回应。

"天气好，正合适呀！陆仔谢谢啦！"

母亲消失在窗口里面，小陆低头忍着笑说："叫我陆仔，怪不好意思的。"

轮椅虽多处生锈，但移动得很顺滑。他们在早上散过步的住宅区街道上缓缓前行。清美笼罩在午后明亮的阳光中，闭着双眼，仰面朝天，仿佛想让全身都充分沐浴阳光。

美野里以上大学为契机去东京后，清美曾多次去探望过她。虽然母亲曾在入学前进京为美野里找过寄宿处，但后来就只是打电话联系，再没去过美野里的住所，父亲也没来参加开学典礼。或者说，那个时代，没有哪个学生的父母会来参加开学典礼。正在此时，清美的意外出现，让美野里大吃一惊。进京最初住的学生会馆是女生专用的，所以她没能让清美留宿。后来美野里住进公寓，清美就在那里留宿了。白天美野里去学校，清美夜里很晚才回来。在铺着地毯的六铺席大的日式房间里，狭窄的厨房连餐桌都放不下，厕浴一体的卫生间与便宜的小旅馆没什么两样。美野里和外公两人住在里面感觉不可思议，但后来就习惯了。由于清美寡言少语，所以比跟爱唠叨的母亲在一起，要好过数倍。即使美野里比迟归的外公回来更晚，也不会受到训斥。

美野里适应了大学生活后，就为自己的事忙得焦头烂额，顾不得细想清美究竟想来东京做什么，就主观地解释为外公与朋友会面，顺便看望外孙女。

不过，由于曾经有过这段经历，所以美野里从外公那里感到了从外婆和舅舅等其他亲属那里感觉不到的慈爱。初中生小陆没有趁父母不在时沉迷于电子游戏，而是每天来曾外公这里。美野里觉得，也许他们有某种只限于两人之间的交流。

"想去海边转转，有点儿远呀！"小陆说道。

"远呀！"清美笑道。

"坐出租车吗？"美野里问道。

"不用，不用那样。"清美抬起一只手在面前摆了摆。

住宅区街道上没什么风景可看，美野里和推着轮椅的小陆并排前行，不时地与熟人相遇。

"哎哟，蓬莱屋家的人在一起呢！"

"清美先生，您好！"

对方向他们打招呼。

"姑姑，你去过外国吗？"推轮椅的小陆冷不丁地问道。

"去过啊！"美野里答道。

"哪里？"小陆接着问道。

"泰国啦，夏威夷啦……"美野里含糊地答道，为了阻止小陆继续问下去，她反问道，"怎么？难道你想去外国上学？"

"所谓国境之类的隔断，这种地方有吗？"小陆避而不答地再次问道。

"隔断？"

"你知道美国在建边境墙吧？就是因为没有那个才建的吧？"

美野里虽然感到困惑，但还是答道："一般都设有负责出入境管理的事务所，但通常边境不会有类似墙壁的东西吧。怎么啦？"

小陆仍面朝前方，自言自语道："早上你不是说厌烦这里的天空才去县外上大学的吗？就没想过去别的国家吗？"

"倒也不是厌烦……"美野里本想更正为"不喜欢"，但欲言又止。想去别的国家是后来的事情，而她并不打算说这个。

"小陆还是想出国留学吧？"

"我在电视新闻中看到过，有几百人因在自己的国家待不下去而向外走。"小陆喃喃自语道。

"有那种新闻吗？"

"也许是几千人,在墨西哥。"

听小陆提到墨西哥,美野里也隐约想起,因本国治安恶化而生活不下去的人们,成群结队地经由墨西哥奔向美国……,确实有这种报道。

小陆的话头究竟朝向何处?他想问自己什么?美野里实在想不明白,心中略感不安。

"我看到后觉得,步行就能走到另一个国家,简直太厉害了!那是不是因为有什么人领头呢?那个人说'走吧',于是就聚集了那么多人?或者是因为那么多人一齐说'走吧'?"

"那些事我也不清楚。"美野里已记不得是在网络新闻还是在报纸上看过那条新闻,只是模糊地想起有张从空中拍摄的照片,依稀可见密密麻麻的人群像进军般在前行。

"该回去了,是吧?"美野里向清美招呼道。

"啊,嗯!"清美发出低吼般的回应。小陆听到后就把轮椅向后转。

"那些人怎么样了呢?报道最后说,他们进不了美国。"

还要说这个吗？美野里开始产生畏难情绪。

"你为什么会在意那种报道？"

"不为什么。偶然看到，有很多事让我感到惊讶。"小陆说完就沉默不语了。

其实他还想说点儿什么吧。是不是面对只是偶尔回来的姑姑难以开口？或者尚未找到可以准确表达想法的词语？美野里努力回忆自己初中时期的事情，却只能忆起有个女生和暗恋的男生交换日记，以及与自己脾性不合的女孩儿群体。怎样向脾性不合的群体妥协，怎样做才不会被别人欺凌——这是她当时最大的苦恼。

"至于后来怎样，你可以上网查查，既然那么在意的话。"

美野里心想：如果小陆真的还有什么话想说，那么哪怕只告诉自己一点儿也行。于是，她对沉默的小陆提出建议。小陆先是歪着脑袋"嗯"了一声，然后只说了句"是啊"。

小陆、美野里和坐在轮椅上的清美的影子在柏油路上向前延伸，随着他们的行进向前爬去。望着路上的影子，感觉这里的三个人似乎在以完全不同于血缘关系的因缘并肩而行。至于究竟是何种因缘，美野里也不明白。

"比海边还要远得多呢！"清美忽然喃喃自语，然后短促地一笑。美野里和小陆面面相觑，不知清美言之所指。

"哦，是外国呀！"

小陆点了点头，也学着清美的样子哈哈一笑。

在回东京前，星期六一大早，美野里为了吃乌冬面而来到蓬莱屋前排队。天空与昨天迥然不同，变得阴沉厚重，而店前仍如往常一样排起了长龙。

虽然队列相当长，但由于周转较快，所以通常等候的时间不会超过三十分钟。今天排了不到二十分钟，美野里就进了店，并沿着最里边隔开厨房和餐厅的柜台排队等候。要先在这里点好乌冬面的种类和分量以及副菜，然后隔着柜台领取。一个打工的男孩儿忽然把脸伸到美野里面前，美野里就向他点了餐。厨房很宽敞，长年使用的银色煮锅里蒸汽滚滚升腾。母亲珠美在墙边的炸锅前不停地炸菜，紧挨着的不锈钢厨台旁，舅妈容子正在制作饭团。她们虽然谈笑风生，但手上却分秒不停。厨台旁还有制作炸豆皮寿司的女子和不停地切葱的青年，打工的年轻人在他们之间穿梭，传达菜单并配齐菜品。

柜台上的托盘里摆好了浇汁乌冬面和炸豆皮寿司。

"葱丝和姜末在那边，请随意自取。"男孩说道。

"那是咱家里人，什么都知道。"舅妈边干活儿边说道，厨房里的几个人笑了。

美野里打过招呼，结了账，接了一杯饮用水，在乌冬面里加了葱花、姜末和天妇罗，然后坐在空座位上。

回到娘家的美野里心想：还是这里的乌冬面好吃。当然，在市区里或驱车去远方寻找，也有数不清的乌冬面店，也许更美味，但美野里就喜欢蓬莱屋的格调。据说本店曾在母亲小的时候改建过，所以这座民居风格的建筑应该已有六十多年的历史。因为东墙上有窗，所以天晴时，整个上午店内都显得光辉闪耀，即使天空如此阴沉，也不会产生闭塞感。使用多年的长桌和椅子排成一溜儿，开着的电视机调低了音量，陌生的食客并肩吃着乌冬面，这样的场景，美野里也很喜欢。厨房里虽然十分繁忙，但不知何故，却有种不可思议的清洁感。美野里甚至觉得，那完全堪称神圣感。从多年前起，清晨来店里打工的年轻人大多是上夜间补习班的高中生和复读生。美野里长大成人之后认识到，本店能拥有这种格调，也得益于青春年少、手脚麻利的他们。菜单内容不多，用毛笔写的长条白纸并排贴在柜台后的墙上，只有电视机的微弱声响、顾客们和厨房里的交谈声充满店内。

想吃乌冬面的话，自家冰箱里也有，而且美野里从小就会自己做。但是，她仍喜欢这样在店内混在顾客中间吃。虽然她以前会避开店内的拥挤时段，但在返乡时，就会像今天这样排队用餐。

美野里吃完后把托盘送到回收处，并向厨房招呼了一声："我吃好了，谢谢。"

"下次再来！路上当心！"舅妈说道。

"到了那边跟家里说一声。"母亲说道。

舅舅克宏在蒸腾的热气对面扬起一只手，美野里向他点点头就走出了店门。

就像每次乘飞机在这座机场降落时，都会感到"被带回来了"一样，美野里从这座机场起飞时，总会产生"终于出去了"的兴奋感。这既不是因为她嫌弃自己的家，也不是因为她厌烦亲属们过于集中。她只熟悉这样的环境，并不会产生反感。只是，那时十八岁的美野里感到自己被封闭在了这个空间里。

"被封闭在了这个空间里"，她已想不起从何时起产生了这种感觉。

美野里生活的城市绝不狭窄憋屈，纵横交错、仿佛无尽延伸的拱廊街热闹非常，穿过拱廊街，是行道树镶边的宽阔大道，前方展现出广阔的海面，抬头仰望，是没有超高层建筑遮挡的天空。但是，十八岁的美野里感到这些广阔的天空、海面和大路将自己封闭在其中。

她觉得广阔的天空在监视自己，大道前方的海面阻断了去路。"必须出去，必须出去，必须从这里出去"——她有时会发现自己像念咒般嘀嘀咕咕。

只要能从这里出去就什么都好。美野里想上大学，母亲反对，父亲和外婆说怎么都行，外公赞成。美野里心想：即使遭到全家人的反对，也要上大学。这并非因为有什么想学的东西，也不是因为将来有什么想做的事情，只是觉得上大学后这些就都能出现在自己的生活里了。自己想做的事情，适合自己做的事情，自己做得了的事情。或者反过来讲，自己不想做的事情，不适合自己做的事情，自己做不了的事情，大学应该是学习这些的地方。

美野里被第一志愿的大学录取，在得到上大学和进京的许可时，她感受到了有生以来最强烈的喜悦。

在去本校复试和寻找寄宿处时，她都乘坐了飞往羽田的航班。在此之前，研学旅行和全家旅行时也乘坐过飞机。但是，迁居那天的感觉与以前完全不同，她兴奋得甚至要喊出来：要出去啦，要出去啦，要飞出去啦!

在东京生活的时间长了后,就会对这一个多小时的航程感到郁闷。不过,走在机场时,购买土特产时,走过登机桥时,她都会像昨天刚发生过似的重温那种兴奋感。

只要离开土生土长的城市去东京,就能冲出封闭自己的空间。美野里有时觉得十八岁的自己单纯相信这一点并欣喜若狂实在太傻,有时觉得自己实在可怜,有时心中会产生难以言喻的苦涩,可每次过后,她都会想到"这些我都明白"。即使现在回到十八岁,自己依然会为能走进未知世界而兴奋得欢呼雀跃吧。她就是这样想的。

在等候登机口开门时,美野里给丈夫寿士发了信息,告诉他"现在回去,午饭前到达"。

"愉快吗?大家都还好吗?"寿士立刻发来回信。

"大家都很好啊!"美野里回复后,又发送了熊猫比"V"的表情。虽然手机上显示"已读",但寿士却没有立即回复,美野里就把手机收进了提包。过了不久，登机口的门打开了，坐在候机室排椅上的人陆续站起，美野里也随之起身。

寿士在电影发行公司的宣传部工作。他们结婚是在七年前，当时寿士三十四岁，美野里刚满三十二岁。在交往之前，寿士说他家里是做庭园景观营造的，他三十岁之前都在为家里的事业帮忙。但是，他无论如何都想从事与电影相关的工作，于是改了行。美野里听到后感到他像是个热性子的人，就有些敬而远之。美野里有个习惯，就是把他人分成两个群体：热性子的人和冷性子的人。前者是野心家，具有上进心，向前看，而后者则相反。美野里自己是后者，由于在头脑中对前者有种抵触意识，因此在感到那种热乎劲儿时，就会自动与其拉开距离。但是，在数次聚餐之后，她感到对方似乎并不像自己想象的那样，相较而言，是与自己近似的类型。在开始交往后，这一点得到确信，于是她决定结婚。

美野里心想：我们果然有很多相似的地方，比如说在生育观念方面。

她原先模糊地打算婚后过一年就可以生孩子,可过了一年、两年后都没能怀孕。当时,美野里和寿士都没有透彻地讨论过这个问题。

究竟是否真心想要孩子?如果真心想要,是否应该去做相关的体检?如果查出原因,是否应该治疗?对任何问题都深究原因并积极主动地设法解决,这并非美野里的长项。不过,关于要孩子的事情,如果寿士有这个愿望的话,美野里就想努把力,可寿士却什么都没说。双方的父母都问过此事,但美野里委婉地敷衍躲闪,心想寿士可能也是这样应付他的父母的,所以两人并未深入地商议过此事。美野里说"好像怀不上啊!",寿士说"就这样也可以嘛!",仅此而已。于是美野里就心安理得了。

当时因为暂时不要孩子的可能性较大,所以双方就可以尽情去做各自喜欢的事情。虽然这也并未明确商定,但美野里觉得双方早已心照不宣地默认了。上班时间不规律的寿士没必要每天都报告回家时间,美野里也不必询问。有时数日,有时一个星期,寿士每年都要因工作去国外数次，美野里也不问出差的工作内容。美野里在换工作后仍会因聚餐而很晚回家，寿士也同样不说什么。像这次美野里说要回娘家住几天，寿士也不问为什么。母亲说他们是不接地气的夫妻，确实如此。甚至连美野里自己也会想：我们两人居然能做出结婚这种需要痛下决心的事情。

东京正在下雨，美野里估计雨一时半会儿停不了，就在拱廊街的餐馆里吃了午饭，又在超市里多花了些时间购物，出来一看，雨还在下，美野里就冒雨朝家的方向一路小跑。

从车站步行需要七分钟的公寓房是在三年前购买的，由于寿士的父母曾多次提到如果租房交房租太可惜，寿士嫌详细解释太麻烦，就找到了这套力所能及的二手公寓房。虽然迁入时，这套房子已有十年房龄，但位于三层的套房采光很好，阳台也宽敞，美野里感到称心如意。

她把买来的食材放进冰箱，然后开始收拾行李。可能这些天寿士正在观看电影，起居室的沙发桌上摞着几张影碟。美野里朝窗外望去，看到一片被周围的建筑剪切了的低垂天空。与自己生长的城市相比，这只能算作迷你型天空。来东京生活初期，她在完全适应之前也曾多次惊呼："哇！天空这么小！"她搬出女生专用的学生会馆后寄宿在简易公寓，从房间里几乎看不到天空。但匪夷所思的是，尽管如此，她却不会产生像在那座城市里那样被封闭的感觉。

她沏好茶水，在餐桌上打开笔记本电脑，查看电子邮件，发送必要的回信，像打发时间似的阅读陌生人的博文。这时，她突然想起了什么，就在搜索框中输入"墨西哥"，然后就为接下来的关键词发了一阵愁。她输入"移民""移动""集团"等所有能想到的词语并摁下搜索键，于是出现了几条热门报道。她阅读电子版的新闻报道后得知，去年十月，在洪都拉斯，想移民的人开始集结并流动，随后又有来自萨尔瓦多、危地马拉的人加入，超过万人的集群步行四千多千米，直奔美国。在美野里继续向下翻页时，一张彩色照片映入眼帘，她赶紧关掉了网页。在那张闪现的照片上，有位身穿华丽服装的母亲抱着幼儿蹲在地上。

美野里就像从未看过那条报道似的打开食谱网站，开始专注地考虑晚餐的菜品。

美野里工作的山下亭位于北泽区，她在这家制售蛋糕和烘焙甜点的店铺工作已接近五年。店主山下贤太郎四十七岁（比美野里大八岁），店里还有两名西点师、十二名正式员工和三名临时工。在美野里刚进店时，这里还只是个小巧精致的西点铺。美野里作为临时工开始上班，一年之后被问到愿不愿意转正，于是，她在业务内容不变的前提下转为了正式工。从那时起，贤太郎开始着手拓展业务范围。

美野里最初以店铺那缺少装饰甚至颇显质朴的外表为依据进行了主观想象：店主虽然上进心强却文静朴讷。后来渐渐发现，山下贤太郎虽然确实很少粗声大嗓，总的来说沉稳镇定，但其实是个典型的"热性子的人"。在美野里工作一年后，贤太郎寻找并租用山下亭附近的闲置房产开了咖啡馆，在那里也销售烘焙糕点。

他还在休息日开办面包制作培训班和制作工坊，并在目白区增设了二号店。但项目并非都能顺利进行，虽然在二号店还试销过杂货，可不仅销量差，而且还影响了店内美观，所以就撤掉了。另外，他又计划制作出版冠名为"山下亭"的食谱书籍，也遭遇了挫折。然而，比起顺风顺水，遭遇挫折更能激发贤太郎挑战的激情。

随着业务拓展，员工人数也有所增加，不仅限于制售西点，接待、运营、策划和财务等方面都需要全员参与。

美野里在新宿站换乘小田急线，到达山下亭时已是九点刚过。两位西点师已在后厨开始操作，与美野里几乎同期入职的峰村茜正在店门前进行清扫。

"美野里，你回来啦！你外公还好吧？"

"嗯！总算好些了。我请假期间给你们添麻烦了，抱歉。我带了土特产，过后给你。"

美野里自知店里没有自己也并无大碍，但还是道了歉。

"哪里，大家彼此彼此嘛！你外公没事儿就好啊！"

美野里说了声"谢谢"就走向后门，只见厨房里的两位西点师已开始操作。酒店业出身的须田雄介和在东京都内的意大利菜馆工作过的长尾真步，两人都是三十多岁，且寡言少语、认真刻板的性格颇为相似。美野里向他们寒暄之后，在员工休息室里系上围裙，开始清扫飘溢着甜香味的店内。

开店时间是十点钟，九点半员工要开早会。美野里大致在九点前后进店，在其他人到达之前清扫店内并准备用品。

每当有同事到达，美野里就会为自己请假的事道一次歉，当被问到外公的情况时，她就心怀小小的罪恶感重复对峰村茜说过的话。

刚过九点半，在本店工作的三人和西点师围坐在员工休息室桌旁，对当日制作糕点的种类和数量，还有向咖啡馆运的货、生日蛋糕等特别订单进行确认。

"对了，关于商厦那件事……"田中桃子望着美野里说道。

自从贤太郎常去二号店之后，在山下亭工作时间最长的桃子就承担了店长的职责。

"哦，是。"美野里抬起头来。

"店长好像想交给你去办，但最后决定让峰村茜和咖啡馆的浦泽牵头推进。"

美野里尽量掩饰着如释重负的心情，对峰村茜和桃子说："给你们添那么多麻烦，实在抱歉。我会全力以赴地做好后援，有事尽管吩咐。"

她感到会有人说："不错呀，你躲得真干净！"可环视周围，却并没有人看她。

"关于这个项目，下午五点过后在这里协商吧！今天店长也要来。那好，今天还要辛苦各位。"桃子就此结束了早会。

贤太郎雄心未泯，又决定明春在商厦参加甜点展销会，似乎想以此为机拓展业务。而且，贤太郎先前打算让美野里负责这个项目，理由是美野里已工作五年，想必不会满足于继续做与临时工相同的业务。贤太郎深信，所有人都会像自己这样充满雄心壮志，目前所处阶段只是进一步升级的跳板而已，任何人都必定由此进一步向上发展。

可是，即便只是短期展销，美野里也并不愿意承担主管这个项目的任务。她执着地认为自己与贤太郎性格完全相反，只会从目前阶段走下坡路，若想改变现状，必定会失败，必将给很多人增添麻烦。她深信，为避免落到那种境地，止步于现阶段是最佳选择。

她曾认真地考虑过要不要辞职再找新工作，可她又特别喜欢这个女性较多的悠闲职场。她琢磨怎样才能停留在"现阶段"，结果就逃回了娘家。

她明知自己这种举动太孩子气，愚蠢至极，却还是谎称外公病危，请了四天假。贤太郎虽然知道美野里娘家是由亲属共同经营饮食店的，但对其经营状态当然无从了解。美野里就利用这一点示意贤太郎，如果作为店主的外公去世，状况将大大改变，自己也许会在一段时间内增加休假回娘家的次数，所以在稳定下来之前，难以担当责任重大的业务项目的主管一职。

虽然即便不请假回娘家，就待在这边家里，也未尝不可，但胆小怕事的美野里却无法做到。于是她牵强地找出各种理由，甚至提到外公要进养老院、嫂子担心侄儿等家事，实际上请了四天假回乡探亲。

关于这方面的情况，美野里并未向寿士完全讲明。虽然有关商厦展销之事已在前些天提到过，但并未说是因为不愿当业务主管而逃回娘家的。这种事就连和自己关系最近的丈夫也羞于启齿，只是说有些担心外公，要回去看看。不过，她总觉得寿士可能对此心知肚明。

到了下午，美野里根据蛋糕的销售进度补了一两次货。下午四点刚过，西点师们开始准备明天的食材，然后就结束了当天的工作。美野里她们要到晚上七点钟才下班，贤太郎和浦泽在五点前来到店里，加上峰村茜和西点师，一起在员工室开会。到七点之前，只有从公司下班路过的人们零零星星地进店来，所以不会太忙。桃子在里面的房间处理事务，美野里从展示柜中取出空托盘去清洗。

七点钟过后，美野里走出店门，虽然没下雨，但外边空气湿润。美野里和同行的峰村茜在站前分别，上了拥挤的电车。

她查看了一下手机，有寿士发来的信息，说他现在正在回家的途中，问美野里需不需要帮忙买点儿什么。

美野里心想：寿士虽与自己有相似之处，但工作积极性是自己的数百倍，精力充沛，既有责任感又有领导能力，一定还有很多很多想做的事情。于是，她回复说那就在车站碰头喝几杯，自己想吃烤串了，对方回复了漫画人物竖起拇指的表情。

美野里关掉 LINE，查看过电子邮箱之后开始浏览新闻网站。她向右划动画面，出现了国内外新闻的标题和照片的列表。这是自动弹出的，在购买智能手机时美野里曾想设置成不弹出，但嫌太麻烦，就懒得去管了，于是形成了在回家的电车中浏览新闻的习惯。

那霸的公营市场因改建将于十六日关闭，杀害女性的嫌疑人被逮捕，日本田径选手的百米短跑成绩为九秒多，特朗普暂停对墨西哥加征关税……，正在向下翻页、只浏览标题的美野里忽然停下手来。

她轻触"日本记者拍摄的迁旅母子"的标题，屏幕上显示出报道全文和照片。不知何故，侄子小陆特别关注这类关于中美洲民众步行穿越墨西哥，前往美国的报道。

以河流为背景，朝这边走来的浑身湿透的母亲和她臂腕中的婴儿。照片下标明了通讯社的名称，还有执笔者的姓名——宫原玲。

她在这种地方?! 就像玩捉迷藏时在意想不到之处找到了小朋友，美野里对自己的这种反应感到不可思议。

宫原玲是美野里大学时代的朋友，虽然就读学校不同，但同属一个有多所大学的学生参加的社团，两人就是在那里相识的。美野里觉得宫原玲是个直抒己见、内心刚强的女孩，但其实并不清楚她想要的到底是什么。宫原玲当时就说过自己要当记者，并且比其他成员行动力强。宫原玲、远藤翔太、睦美……，共同度过大学时代的友人的姿容接连浮现在眼前。美野里慌忙关掉新闻网页，把手机装进提包。刚才看到的名字使她的心瞬间穿越到远方，这才猛然想起自己是在电车里。面前座椅上的女孩儿和旁边穿西服的男子以及美野里两旁的人都在摆弄手机，那女孩儿好像正在和谁进行线上聊天，男子戴着耳机在打游戏。

原来如此，宫原玲目前在墨西哥呢！美野里想到这里，接着又感到这事与小陆说的事一样，都那么不可思议。

她知道宫原玲作为记者非常活跃，如今也是每当有新作出版，就会让出版社寄一本给美野里。但是，宫原玲现在在做什么，在哪里对什么进行取材，除了写作之外是否还做演讲，对于这些，若不主动上网查找就无从得知。所以，虽然宫原玲在墨西哥对前往美国的人们进行取材并不使她感到意外，可她却对自己以这种方式看到那条报道惊讶不已。如果小陆未曾提到墨西哥的迁旅集群，自己就不会关注这条新闻，也就不会找到宫原玲的名字。想到这里，她感到似乎有个声音在说："联系一下。"联系……联系谁？美野里并不清楚这个动词的宾语所指。

美野里在新宿站随着众多乘客下了电车，走在换乘通道上，回想着最后一次与宫原玲见面的时间。但立刻想起的却不是最后一次见面的时间，而是宫原玲忽然来自己娘家的时间。尽管后来也曾见过几次面，但不知为何美野里觉得那就是最后一次。"玲，你还好吗？我读过你写的报道啦！"美野里不自觉地开始在心中草拟发给宫原玲的邮件内容，夹在人潮中向前走去。

## ☹ 外公篇

"你去当兵吧!"在听到这话时,能做到立即回答"好,我去当兵"的,会是在什么情况下呢?

如果本人一直想当兵,那确实是如愿以偿。或者是本人觉得非常酷,或者觉得正适合自己,或者从小就有正义感、使命感而想当兵。

不过,还是其他情况比较多吧。例如,尽管自己不想当,可是……绝对不可以违抗下令者。还有一种情况是尽管不想当兵,却还是觉得当兵有好处,例如对未来感到绝望,觉得当了兵就能开拓未来。还有更轻率的动机,因为受到好友的劝诱,因为听说能博人气,因为能逞威风,因为大家都当兵了,因为没别的事可做,因为什么都没考虑过。

那么,说到我自己,是哪种情况呢?是因为绝对不可以违抗——接到征召令,只能服从。这当然是情非所愿，因为我那时还是在校大学生。尽管还没确定毕业后具体干什么，但我想继续学习。当初是父母和亲戚千方百计筹资送我上学的，上学不仅是我梦寐以求的事情，而且还是必须要完成的重大使命。

不过，我之所以没像太郎那样逃走，是因为没像太郎那样想太多，或者说没有进行深刻思考。这是因为太年轻了，还是因为太傻了？或许两者兼而有之。因为那边不是战场，而是训练场，所以我以为训练结束后应该就可以回来了，但也仅仅是我个人这样以为而已。如果我问"能回来吗？"，有人回答说"不可能回来"，那就太恐怖了。所以，仅仅是我在心里这样以为而已。

如果要求人要么相信好事，要么相信坏事的话，那不管是什么人都会选择相信好事。因为人都会觉得即使坏事是现实，但只要相信好事，现实也会朝好的方向转变。

不，在这种情况下不允许违抗。即使是太郎，最终也还是会被抓，受罚，然后再去当兵。因为受到教谕的影响，我也渐渐地深信：当兵是很酷的事，而逃避太没出息，可悲可叹，可鄙可耻。在出发那天，我们受到众人的盛大欢送，由于那种类似使命感的心理而情绪高昂，脑海里甚至闪过"奥林匹克"这个词，短暂地想到奥运会入场式可能就是这种感觉吧。

我们倒也不是要立即奔赴战场，而是为当一名优秀战士，先接受新兵训练。我们倒了几次火车，然后步行前往训练场。在宽阔的土地上排列着营房，新兵和老兵都在那里生活。我们学习各种技能，例如军装和武器的整理与养护、刺杀术、军事演习，还有唱歌和学科知识。伍长、班长、曹长，谁比谁官大？洗澡时排队的顺序，洗衣服的方法，餐食的制作方法，全都与以前不同，如果搞错了，就会挨打。新兵挨打如同一项工作一般。

尽管生活与以前大不相同，但不可思议的是我们都能适应。在适应之后，周围的环境就渐渐地清晰起来。例如新兵伙伴中有形形色色的人物。像我这样从大学里被赶出来的家伙虽然很少，但也有。另外，还有拖家带口的，还有当过教师和经营米店的。有的人傲慢不逊，有的人只考虑吃的东西。说到老兵，既有总琢磨怎么打人的，也有性情温和的，还有不知为何只关注我的人。

不过，我和谁都无法亲近，因为我们本来就不是为了相互亲近而被集中到此地的。

大学也是这样，大家并非为了相互亲近才聚集到一处的。即便如此，我还是交到了朋友。由于大家来自全国各地，所以什么样的怪人都有。既有无法想象的富豪，也有不吃食物，只是大量饮酒的酒鬼。在我出生的城市里绝对找不到的家伙，若不离开出生的城市绝对碰不到的家伙，我所亲近的净是这种家伙。读书，看电影，喝酒辩论，摔跤赛跑，谁输了就被迫请客，对未来高谈阔论。那些家伙也都当了兵，如今他们在哪里呢？那时高谈阔论的未来有一天会来到我们身边吗？

而实际上我们根本顾不上回忆那些，每天从早到晚进行演习、射击训练、考试、刺杀术训练、武器检查、军装检查。拳头、拳头、拳头接连不断，饥饿、疲劳、疼痛已经日常化。感到与朋友们欢笑、摔跤都是遥远过去的事情。有时收到来信才知道：哦，那家伙在千叶啊！那家伙在茨城啊！那家伙在鹿儿岛啊！

体能测试是我唯一喜爱的科目。因为奔跑和跳跃都是我擅长的，而且能使我心情畅快。射击测试虽然令我头疼，但只要体能测试分数高，我就心花怒放。甚至有的老兵在看到我的跳高成绩后，还减少了打我的次数。

有个男人过来打招呼说："你腿脚好快呀！"在我认定自己不可能与任何人亲近的地方，他是第一次与我亲近的家伙。假定他的名字叫……松本甚平吧！

松本甚平比我大一岁，和我一样被提前赶出大学，入伍当了兵。他不擅长体能测试和射击测试，如果他去参加刺杀术比武的话，也是必输无疑。他不太打人，让人恨不起来。他喜欢读书，每逢假日必定上街买书回来，还常写日记和书信。这种与众不同的家伙再没有第二个了。我或许只和与众不同的家伙性情相投。

# 第二章 出发

## 一九九九年

在卡拉 OK 厅，美野里等四人痛快淋漓地唱过各自喜爱的歌曲后，依旧难舍难分，便朝海边漫步而行。南美同学将去大阪的女子大学，小遥同学将去市内的动物护理专科学校，周子同学将去九州的大学，她们的升学院校和迁居去向全都不同。最近，四人一有机会相聚就总要商量：每年到了黄金周、暑假和正月一定要重聚，在迁居地址确定后就组团搞个东京大阪福冈游。但是，美野里却觉得那些约定很快就会被忘记，而且觉得不仅是自己，大家可能都会这样想。

"周子唱歌真的好棒呀！要是朝那方面发展该多好啊！"

"我要在博多区等着星探来发现自己。"

"美野里唱的 B'z[①] 的歌百听不厌。"

---
① 日本乐队名。

"我也要在原宿等着星探来发现自己。在街上被星探发现的条件不是唱功,而是长相吧?"

公园附近游人如织,热闹非凡,停车场里旅游大巴一字排开,站前广场上也是人来人往,简直不像工作日的景象。她们往日从不会踏入需要购票的公园,可今天却不约而同地在售票处付了费,然后进入园内。她们也没去看历史遗迹和池中鲤鱼,只是信步而行。

"下次见面时,这一带会完全变样吧?"

从今年起,包括海湾和车站建筑在内的港口周围都将进行再开发。美野里已经看过规划示意图,完全是近未来的风格,缺乏现实感。

"下次聚会的时间不是下下月吗?刚才明明约好黄金周大家都回来的。"将要留在本市的小遥说道。

"如果下次回来时发现这里变得像陌生城市,那就太失落了。"周子冒出这句话,大家忽然沉默了。

失落？美野里在心里问自己。完全不会失落，因为我不回来，我是因为想出去而离开的——虽然她心里有了答案，可当然不能在大家面前说出这种话。在她心中，想离开此地的决定与闺蜜四人组永远在一起的愿望完全不矛盾，两者同等重要。

"不会感到失落的！这座公园又不会改变……"话刚出口，她就感到鼻子一酸，这是因为她想起了在谢师宴上大家抱头痛哭的情景。

"又要大哭一场了，这个人。"南美开玩笑地说道。

"哇——"美野里故意夸张地做出大哭的样子，随即笑了起来，大家也都笑了。长空高远。

在闺蜜四人组去卡拉OK厅聚会过了三天之后，美野里独自动身前往东京。在确定寄宿处时，生活必需品就已和母亲在东京买齐并办好了配送手续，需要从老家携带的书籍和衣物也已提前寄出，她就背着新买的双肩软包独自上了飞机。

虽然还有乘客在登机，可美野里已迫不及待地把额头贴在舷窗上等待起飞了。

飞机在跑道上疾驰，然后腾空而起。美野里差点儿喊出声来，勉强按捺住了冲动。片刻之后，窗外出现了渐渐远去的民居屋顶。海面在视野中迅速扩展，翠绿的山峦也比民居和建筑多了起来。美野里抬起头，眼前是飘浮着云朵的蓝天。

"我要出去了！"美野里在心中呼喊，"终于要出去了，要出去了，我要出去了！"

虽然对想学的东西、想做的事情、目的地的详情等一无所知，但这些都不会给她兴奋的心情泼冷水。她感到，这是第一次凭自己的意愿和双脚来到外边。

寄宿处是国分寺市的女子专用学生会馆，从车站步行回去需要十二三分钟。不到六铺席大的单间里面，有设有煤气灶和小型冰箱的厨房和厕浴一体的卫生间，寝床和书桌连在一起。在一楼有投币式洗衣房，虽然有管理员，但不提供餐食。男性禁入。

美野里曾和母亲看过多处房间，最终选择了最清洁、便利的这里。可一进房间关上房门，强烈的压迫感就令她惊诧不已。房间只有一扇窗户，打开窗户，外边是一小块农田，对面排列着民宅，天空低垂而狭窄，令她深感惊讶。浴缸很小，引人猜想会不会有规定不许泡澡。即便如此，美野里兴奋的心情依旧不减，她兴高采烈地组装收纳箱，把衣物收进像是收藏清扫用具的立柜里。

美野里要去的大学在东京市郊外。她第一志愿报这里，并非因为只在这所大学有她想学的专业，而只因为这里是录取率最高的大学。虽然早就知道该校在东京市外围还有校区，可她以为东京不管多么偏远，街区都至少会像原宿和浅草那样。她在高中研学旅行时去过原宿和浅草，心想：就算这里不像原宿那样有鳞次栉比的商店，也应该还是东京的感觉吧。因此，当她来这边复试时，心中暗暗惊讶：车站附近完全不是想象中的那样。而当乘坐公交车驶入与想象中相差甚远的风景中时，她不禁瞠目结舌。学校招生简章中宣称的"绿意盎然"并非宣传用语，而完全是事实，美野里望着车窗外的田野和山峦想道。

因为母亲殷殷嘱咐要与左邻右舍寒暄一下，所以美野里在迁入的第二天，就带着故乡的特色糕点去问候了邻居们。右边的邻居是静冈县出身的大一新生，左边的邻居是宫城县出身的大二学生，都与美野里不在一所大学。美野里说明了自己的籍贯和所在大学的名称后，两位邻居也只是出于礼节做了自我介绍，从美野里手中接过礼品，道过谢，就立刻关上了房门。

到了四月，先后举行了开学典礼、导学说明和入学教育。正式授课还没开始，美野里就为熟悉日程表和课程表而苦不堪言。根据专业的不同，导学说明和入学教育在不同时间和不同的教学楼或大教室里进行。在开学典礼结束后，校园内社团招新的展台密密匝匝，手拿招新广告的男女在其间转来转去，呈现出仿佛节日狂欢的景象。

这样的人山人海令美野里难以置信，她接了几百张硬塞过来的广告，在校园中前行时，几乎要哭出来了。说到校园，从导览示意图上看，感觉比自己老家市中心的导游图还宽广，而且展台间人群拥挤不堪，标志牌隐没其中，想找到要去的教学楼难上加难。

包括入学教育和导学说明在内的所有的一切,对于美野里来说节奏过快且信息量过大,连她自己都不知道是否已完全理解。她只知道这里是与高中完全不同的场所。

在高中时,自己不必做任何决定就能步步前行,分班和课表也都固定不变,就像校服裙子的长度和袜子的颜色都是统一规定的一样。美野里她们或边发牢骚边服从,或仅仅享受隐性违规的乐趣,只要没有过激行为,即可顺利升级和毕业。然而在大学里,看样子今后不会有任何人来做任何指导。

每到上专业课时,都有在学校吃午餐的机会。像是为了促进大家和睦相处,学校的食堂和餐厅里都是自助式用餐。明明只有文学专业的学生,人数却多得不知该找谁搭话。往餐盘里盛好饭菜后,好不容易才能找到空位坐下。

"感觉很多东西都难以掌握,真担心做不好。"美野里跟邻座的女生搭话。看到那位身穿牛仔裤和条纹针织衫的女生与自己一样土气未脱时,美野里就放心地与其搭话了，可对方却连个笑脸都没有，还鄙视地望着美野里。

"啊？你刚才没在听吗？"她甩出的这句话让美野里深受打击。

仅因这点儿事，就使美野里对主动与其他学生搭话产生了畏惧心理。她环视餐厅，看到有些像是高中同学或自来熟的群体正在谈笑风生，美野里羡慕得甚至有些嫉恨。

美野里没去找任何人搭话，坐上公交车，换乘电车后，回到了自己那窄憋的房间，专心致志地阅读起了课程概要。她看到，除日本文学之外，其他专业课程也可以相当自主地选修，可这却进一步加剧了她的迷惘和困惑。"现代媒体论"说明中的"交流与媒体的关系"指的是什么呢？所谓"现代美术评论"，是指"评论美术"，还是指"学习评论方法"呢？美野里看过课程内容说明后，还是产生了一连串疑问，更不知道自己到底该学什么了。

开始选课的前一天，美野里在学生食堂吃饭时，坐在对面的女生偶然向她搭话："你决定加入哪个社团了吗？"

"别说社团了，连选什么课都还没定呢！"

"校内的出版社团印发了面向新生的信息杂志。"安孙子早穗同学向美野里介绍道。她说自己也是新生，专业是英国文学。

校内有多个出版社团印发了新生特刊，向新生销售载有"推荐居酒屋、餐馆""社团一览""赏樱热门打卡地"等相关信息的杂志。另外，还有《能轻松拿下的科目一览表》《怪癖教授阵容》等多种特刊。

"相当具有参考价值，还挺有趣味的呢！"早穗同学说道。

美野里恳求早穗带着她穿过展台空隙和摩肩接踵的人群，前往销售校内杂志的地点。

美野里顺利地买到几本校内杂志，和早穗同学坐在空着的长凳上，边喝果汁边看杂志。点名时能代替答到的课，出勤率达八成就能得"优"的课，考试形式是写报告而且随便写点儿什么就能得"良"的课，还有试题超难且拿不到九十分以上就会被留级的课（因为选了这门课而留级八年的学生确有人在），相关信息介绍得十分详细。

"要不是你介绍了这个，我恐怕也会留级。"

听美野里说这话，早穗同学笑着告诉了她自己选修的课程。然后，两人终于相互做了自我介绍。

早穗说她是走读生，家在调布市。美野里说自己是四国地方出身，早穗瞪大眼睛说："好厉害！我从来没去过。"

早穗说因为离家近就选了这所大学，美野里听了忍不住瞪大眼睛说："那如果东大离家近的话……"

"那可太难了。"早穗笑着说道。

美野里这下放了心，看样子早穗和自己一样，对想学什么、想做什么也是心里没谱。

美野里当天回到学生会馆，把买来的校内杂志全部仔细过了目。除了以容易拿学分的课程为主要着眼点的杂志之外，还有介绍独具特色课程的杂志，例如每月去看一次电影的课程和在夏季有外出团建的小班制课程等。当然也有更正规的杂志，介绍面向有志于进入传媒业界的学生的课程，面向希望进入金融机构工作的学生的课程，面向打算考研的学生的课程，等等。

美野里产生了错觉，仿佛只需读一读这些杂志就能大大地开阔眼界，与独自乘飞机时的感觉相近。好像只要选修面向传媒业界的课程即可在传媒业界就业，选修高中所没有的特色课程后自己就能成为独具特色的存在一样。在此前自以为空空如也的前方，展现出多扇大门。

不过，美野里最后还是以容易拿学分为准选定了科目。另外，她还照着在成为大学生后初次向她亲切搭话的早穗的课程表选定了几门课程，为的是能和她同堂听课。

在四月过半时，正式开始上课了，校园里依旧被社团展台和招新学长填充得拥挤不堪。美野里转来转去时依然离不开导览图，有些重要的课还会迟到。如能碰到早穗，就聊聊天儿或一起吃个午饭，但还是碰不到的时候较多。

在黄金周临近时，班里不知不觉地形成了一些小群体。虽说如此，倒也不像高中时那样紧密严实，只是见面就聊聊天，同堂上课时会坐在一起的那种关系松散的伙伴。"确定参加哪个社团了吗？""去实地见习过了吗？""你在打工吗？""你体育课选什么项目了？"如此这般，在见面时就相互交换信息。美野里也找到了这样的朋友，很难在校内碰到的早穗也属于那种类型。

而且，美野里很早就感到，她与那些朋友中的哪一个都话不投机。她觉得，再也找不到像南美、小遥、周子那样的密友了。即使在一起吃饭，在快餐店聊天，也没有触摸到对方心灵的感觉。

相互交谈过的同学们都早早地选好了社团，而且预定在黄金周期间参加社团活动或迎新团建等活动。有人已开始兼职，没课的时间就安排打工。美野里没有预定任何活动，就感到只有自己被撇下了。她想选个社团加入，就全神贯注地浏览介绍所有社团的校内杂志。可她对社团种类之多深感意外，这又令她茫然失措，困惑不已。

美野里情绪低落地迎来了黄金周的第一天，在学生会馆的洗衣房里遇见了真锅市子。美野里走进洗衣房时已有人先到，那人好像在等待洗衣或烘干结束。她正坐在椅子上阅读文库本，那既没染色也没焗烫的黑亮秀发齐胸舒展。她向走进来的美野里轻轻点头示意，美野里也向她回礼。美野里打开洗衣机，放入带来的衣物、毛巾和洗衣剂，然后投入硬币，确认过结束时间后就准备离开。

"那个……你要不要蔬菜？"对方从文库本上抬起视线，问道。

"啊，蔬菜……吗？"美野里反问道。

"不光有叶菜，还有根菜。"对方答道。

"哦，不……不是那个……，你说蔬菜……"美野里迷惑不解。

"我跟家里说黄金周连休期间不回家，他们就像魔鬼似的给我寄来很多东西……，我父母啊！能长期存放的倒还罢了，可蔬菜类不行，所以我见人就问。但是，回家的人也很多，所以送不出去多少。"

"那……就给我些吧！"美野里说道。她与其说想要蔬菜，不如说想和这个长发女孩多攀谈几句。

"三楼的三〇五号房间，再过二十分钟，我就回去了，之后会一直在房间里。你来取菜吧，什么时候都行！我叫真锅市子。"

"我叫多田美野里。"美野里也报上姓名并补充说，"我是新生。"

"嗯，请多关照！"市子说道。

当美野里去洗衣房取洗好烘干的衣物时，市子已不在那里，还有几台洗衣机在微微低鸣着转动，晚霞的光芒将洗衣房内染成橙黄色。美野里虽然尚未完全熟悉投币式洗衣机的操作，但不知为何，在橙黄色的房内，把烘干衣物塞进袋中的感觉很温馨。

美野里在夕阳完全落下之前走访了市子的房间。虽然是同样的户型，但市子的房间才算是像样的房间，看得出她不是新生，而是高年级学生。窗帘和床罩统一为民族风纹样，窗边装饰着小型观叶植物，书桌周围贴着照片和剪报，比起自己那只摆着最低限度必需品的房间，这里显得舒适自得。

美野里走进房间，递上干乌冬面说："哦，这个，请收下吧！"

"谢谢！你坐那儿吧！我去倒茶。"

在床铺与书桌间的狭窄空间，夹着小折叠餐桌，旁边排列的坐垫也是民族风纹样。

"真不好意思。"美野里忐忑不安地坐下。

"哪有什么不好意思的呀！"市子把泡着袋茶的马克杯放在桌上，然后坐在美野里对面，伸手取出书桌上点心盒里的小包，放在餐桌上。

"啊，这是北海道的……"

看到特色糕点，美野里不由得说道。

"家里连这个也寄。东京有那么多漂亮糕点，而且到处都是便利店。我说不要，可他们还是寄来了，给我这个二十多岁的女儿。"

"哦，你是大三的呀！"

"我高考复读了一年,现在是大二。父母叫我在女生宿舍里先住两年,我想明年搬出去,现在正在攒钱。"市子说完,打开独立小包装袋吃曲奇,"所以我在兼职做家庭教师。"

市子是三鹰市某私立大学的学生,美野里觉得她是自己这一个月里遇见的人中最平易近人的。看上去她似乎对自己和对方都不太在乎,畅所欲言。这让美野里感到非常轻松,也说出了一直憋在心里的话:"我的学校在更远的郊外,虽然房费比这边便宜,但绿植过于丰茂,怎么说呢……,我是因为想住在更像东京的地方才报志愿来这里的,可学校离市区太远,就有些失望了。"

市子仰身笑了。

"这里也不像东京呀!还有农田什么的。"

"不过,如果太像东京的话,住着反倒叫人害怕,而且只能离学校更远。像世田谷什么的,听起来挺响亮别致,可那也太远了吧。"

"世田谷确实感觉像东京啊!演艺人士似乎爱住

那儿。"

美野里感到能和市子聊天非常快乐,袋泡红茶已凉透发苦,窗外橙黄变成了浅黛,可她依然坐在那里,既听市子讲述,也介绍自己的情况。她越交谈越明白市子与自己完全不同,市子是个很有主意的人。不过,因为市子说起话来轻松愉快,她也就不至于畏畏缩缩了。

美野里进一步得知,市子复读一年并非由于高考失败,而是因为心中怀有就读现在所在的那所大学的明确意愿。听市子说那所大学半数以上的课程都用英语讲授时,美野里顿时哑口无言。市子说她将在二年级结束时选定专攻方向,在此之前要边学习边探寻自己真正想做的事。美野里在羡慕不已的同时心想:对了,今后探寻自己想做的事才是正确答案。于是她就感到心安理得了。

"啊,差点儿忘了最重要的蔬菜。"市子起身去厨房取来装满蔬菜的纸袋,"本来想请你去附近一起吃饭喝酒,不过你看,我为了攒钱,还得自己做饭呢!"市子递来纸袋说道。美野里这才发现自己打扰得太久了。

"请原谅,我和你聊天的时间太长了。因为我一直没有说话的伴儿,所以高兴得什么都忘了。谢谢你送我蔬菜。"在美野里低头道谢的瞬间,眼中的泪珠突然吧嗒吧嗒地落在了地毯上。她赶忙用袖口擦擦眼眶说"对不起,对不起",随即从手边的盒中抽出纸巾,蹲下擦拭地毯上的泪渍。

"哦,请原谅,我随意拿纸巾……"

"什么呀?哪儿有什么'对不起''请原谅'啊?没关系的!倒是你自己,没事儿吧?"

"我没事儿。哦,吓你一跳。请原谅,我居然哭起来了,真奇怪,是吧?"美野里不敢抬头,双手抱着袋子一步步退到门口,"唉,我没想到会哭呢!真是太高兴了。那个,我可以再来吗?"

"好呀,好呀,来吧!我领了工资就一起去吃饭,去吉祥寺,那边有美味的咖喱餐馆。"

美野里在玄关处鞠了躬道了谢,刚出门,市子又打开门,露出脸来说:"等一下,这是我参加的社团,你如果感兴趣就来吧！这是个正经的社团，有来自各种大学的学生加入，所以你也许会感兴趣。哦，这可不是那种普通的校际社团！好啦！"市子递来宣传单，咧嘴一笑就消失在门里边。

长长的走廊两侧排列着房门，间隔相等的白炽灯交相辉映。不知那些关闭的房门里是否有人居住，走廊上寂静无声，仿佛整个会馆空无一人。美野里用运动衫袖口擦擦双眼，边走边浏览刚刚接到的宣传单。在那张彩色复印纸上，有身穿彩色服装的满面笑容的外国儿童，还写着"欢迎新生！麦之会"。再看活动内容，有为社会做贡献，与各地域儿童的多种互动，与福利院儿童的交流和学习辅导，面向海外的物资援助和教育援助，等等。主要援助国家为柬埔寨、老挝和尼泊尔等。

这真的太棒了！美野里感叹不已地回到自己房间。她用 CD 播放器听着音乐，开始分拣刚收到的蔬菜。从未见过这么粗壮的芦笋，还有带着泥土的马铃薯、洋葱，以及用报纸裹着的不知名的绿叶菜。美野里在小小的灶台前制作意大利面和蔬菜汤，然后在书桌旁边吃边重读那张招新宣传单。该社团有募捐、讲故事、夏令营等活动。海外援助项目有捐献文具、衣物、绘本，在尼泊尔修建学校等。

"啊？还修建学校？太了不起了！还只是大学生呢！"美野里不由自主地自言自语道，"哇！这芦笋太好吃了！"拌在意面里的芦笋格外鲜美，她不由得紧盯不放。她心想：自称要攒钱的市子是不是正在吃我送的乌冬面？美野里嘴里嘟囔了一句"物物交换嘛"，就笑了起来。


在黄金周结束的前一天，母亲给美野里的小灵通打来电话。当时美野里无事可做，正在看漫画，母亲在电话中说外公今天要来这边。

"啊？什么事儿？怎么这么突然？"

"对呀！他突然说要去，我们也很意外。他还说明天要见朋友，估计傍晚到东京吧。我把你这个电话号码告诉他了，他找不到你的话会给你打电话。"

"我需要去羽田机场接他吗？"

"可是，你外公没手机，要是走岔了就见不着了。嗯，你不用去接，等电话吧！"母亲那边的背景音很嘈杂，未到正午就已人满为患的蓬莱屋内的情景浮现在美野里眼前。

"不过，就算他来这儿，也不可以让他住呀！"

"啊？年纪那么大的老爷子也不行吗？"母亲一本正经的反问让美野里忍俊不禁。

"不管是外公还是爸爸，反正这里禁止男性入内嘛！"

"男性啊……"母亲嘟囔道，"是啊，你外公也许订了酒店，也许住在朋友家，他自己会想办法吧。要是有什么需要，你就帮个忙。"

挂断电话后，美野里已没心思继续看漫画，毫无意义地整理清扫了房间。做完这些之后，她带着小灵通走到车站。外边下着雨，有几户人家已经升起了鲤鱼旗，却在灰暗沉重的天空下蔫头耷脑地淋着。美野里边走边思索，在她的记忆中，外公从未独自旅行过，难道他会有在东京生活的朋友吗？或许是来看她的吧。

听母亲的语气,她似乎也对外公突然进京感到非常惊讶,可那也许是母亲在做戏,其实她是想派外公来看自己有没有做坏事吧。因为母亲以前说过,在东京,坏男人多如牛毛。

外公来这里后,如果一起吃饭的话,该去哪家店?美野里边走边察看附近的饮食店,可没有一家进去过,所以根本不清楚。如果去吉祥寺,会有很多饮食店、商厦和酒店,也许那里的餐馆更合适。啊,酒店,对了,如果外公还没想好的话,就可以让他住在吉祥寺的酒店里。美野里自以为然地返回学生会馆。

可是,到了四五点钟,外公都没联系美野里。一直在房间里等候的美野里焦急不安,还没到六点钟,她就伸手去拿电话,准备和家里联系,可电话铃却先响起来了。她赶紧拿起电话。

"噢!美野里的宿舍在哪里呀?"在嘈杂声中传出外公清美慢吞吞的声音。

"外公,你在哪儿呀?我一直在等你呢!"美野里大声说道。

"我在原宿。美野里住在哪块儿呀？好像是立川那边吧？"

原宿？外公到那种少女们爱去的街道去做什么呢？

美野里想到这里，答道："在从立川往新宿去的国分寺。我这里不能留宿，你要来吗？吉祥寺倒是有酒店啊！一起吃饭吗？或者你自己能来这边吗？我去你那里吧？"美野里接二连三地追问，听到的是嘶哑的笑声。

"什么呀？锵锵锵锵的。"外公又笑了，"哦，美野里那儿不能住啊！是吗？酒店吗？那倒也是呀！"

美野里听出来了，外公到底还是没订酒店。

"那我想办法订酒店，不管怎样，先一起吃个晚饭吧！不是今天去见朋友吧？"

"哦，是明天。"清美简短地答道。

"那你从原宿站坐山手线到新宿站，换乘中央线，在吉祥寺站下车，我在站台上等。要是见不到，就再打这个电话号吧！"

美野里放下电话，赶紧换衣服，整理头发，又打电话告诉家里现在要去和外公会面，而母亲似乎根本不担心。

"美野里，你能找到酒店吗？要不妈妈打电话查询预订吧？你也可以住在酒店里。"母亲说得那么悠然轻松。

美野里也觉得与其在酒店前台突然说自己要住下，不如让父母打电话预订更切实可靠。于是委托母亲预订吉祥寺的酒店，订好之后再联系自己，随即出了门。外边还在下雨。

美野里先到达吉祥寺站的站台，一边查看小灵通，一边从站台这端走向那端。刚才母亲联系说预订了吉祥寺酒店的标准间，晚饭就在那里吃，让外公买单。

上行电车和下行电车有时相隔数分钟，有时在同一时刻进站，在乘客下车后就开走。美野里找到清美的身影，是她正要在站台上第六次往返的时候。乘客们走下通向检票口的台阶，在乘客大都走完的站台上，美野里看到了那熟悉的身影，赶紧小跑过去。清美一只手拄着拐杖，另一只手拿着塑料雨伞。虽然穿着长裤看不到，但估计是穿着假肢。或许是专为这次出行买的，背着美野里从未见过的双肩软包。他刚看到美野里，就举起拿伞的手，说了声"噢"，就难为情似的笑了。在东京吉祥寺站的站台上，出现了熟悉得不能再熟悉的外公，强烈的异样感令她头脑发蒙，再加上强烈的亲切感，她鼻子一酸，慌忙扭开脸，咬住了舌尖。因为她瞬间想到，哭哭啼啼太孩子气，要是被外公报告给了父母的话，情何以堪？

"怎么这么突然？再早点儿告诉我就好了。说来就来，吓我一跳，太让人着急了。再说外公是头一次来东京吧？朋友是怎么回事儿？不过能找到这里，也挺不简单呢！"美野里为了掩饰自己要哭的样子，连珠炮似的快速发问。

"什么呀？锵锵锵锵的。你怎么啦？"清美困惑地笑了笑。

从车站到酒店步行需要五分钟，可因为外公走得慢，所以用了两倍的时间。外公虽然走得慢，但撑伞拄杖，走得与普通人一样。美野里让外公坐在酒店前台旁的沙发上，然后办理了入住手续。她来这边参加大学复试时，住在比这里更简易的商务酒店，因为以前住过，所以就不那么紧张。她接过房间的钥匙，谢绝了引导员，领着清美走进电梯。站在高个子的清美身后，望着一看就知道是新买的背包，美野里又想哭了。

按照母亲的提示，他们把行李放在房间里，稍事休息后就去了酒店内的中华餐厅。两人面对面坐下，打开店员递来的布艺封面的菜谱，上面与美野里所知道的中华食堂不同，长长地排列着她见所未见、闻所未闻的菜品名称，而且价格贵得吓人。美野里一边担心清美是否带着现金，一边翻看菜谱，寻找自己知道的菜品。她在菜谱的最后几页终于找到了炒面和炒饭，下一页中有饺子和烧卖。

"外公，菜谱的最后有我知道的菜品。"美野里小声对清美说道。

清美点了啤酒和海鲜炒面，美野里点了樱花虾炒饭和饺子。

"外公，您会不会来见朋友是假，其实是不放心我才专程来东京的啊？"美野里向端着啤酒喝得正香的清美问道。

"不是，没有不放心。我是来找以前的朋友办事儿的！"清美淡淡地回答。

"真的有朋友吗，在东京？"

"噢！"清美只应了一声，又继续喝啤酒。

店内席位坐了一半，看上去像是情侣或一家人的顾客边用餐边轻声谈笑，看上去不像是住酒店的房客，而只是来聚餐的。美野里心想：他们都能轻而易举地认读自己知之甚少的菜谱。她还觉得，在那些人眼里，自己和外公明显就是从乡下来东京参观的祖孙俩。

清美寡言少语，美野里早就了解，平时总是母亲和舅舅舅妈说起话来滔滔不绝，所以她并不在意。但像现在这样两个人面对面地坐着，清美的寡言少语就让她感觉很别扭。饺子端上桌了。

"各吃一半吧！"美野里说着递去酱油和醋。

清美追加了啤酒，在追加的大杯啤酒送来时，炒面和炒饭也端来了。清美依然默默无语地喝啤酒，用筷子夹炒面吃。

"味道不错呀！"

"是啊！"

然后又是沉默。

"我感觉大学就是全都得自己做决定，自己办手续，万一理解错了或做不好的话，怎么办？我心里总是忐忑不安呀！现在想起来，还是高中时轻松，教科书也都是统一配发的；可现在都得自己去找，因为不是所有的书店都卖。还有就是不知该选哪个社团，虽说不加入也行，可那就只剩学习了呀！哦，对了，有人介绍我参加志愿者社团，说搞些陪孩子们玩耍和在外国修建学校之类的活动。大学生修建学校，挺了不起吧？"

清美边点头边吃炒面，喝啤酒，喝完了就做出举杯的手势叫经过的店员追加，然后继续边吃炒面，边点头听美野里诉说。

"我进了那种社团，能做得好吗？因为不是我们学校自己的社团，还有很多其他学校的学生参加，所以也许交不到本校的朋友呢！"

"能交到朋友。"清美边用餐巾擦嘴唇周围边说道。

"啊？你说什么？"美野里问道。

"那里会有形形色色的学生吧。因为大学生都是从四面八方聚集而来的嘛，所以会有真正性情相投的人呢！"

"哦？是那样吗？"美野里虽然觉得清美的话过于笼统，可他毕竟难得开口答话，还是坦诚听从为好。

"是啊！因为是从四面八方聚集而来的，分母越大，就越容易严格筛选嘛！"清美打了个带着啤酒味的饱嗝儿，深深地点了一下头。

那天，按照母亲的建议，美野里也住在酒店里了。第二天，她和清美一起在酒店吃了早饭，以为接下来就该退房了，可清美却说要再住一晚，明天回家。

好像母亲也知道此事，此前已预订了两个晚上。过了午时，清美说要去朋友那里，美野里说"我送你去吧"，但被清美拒绝了。

"因为我比你更熟悉东京。"清美笑着说道。

美野里深感意外，虽然预料不会得到满意的回答，但还是问道："外公在东京住过？或者以前常来东京？"

"因为活的年数不一样。"清美还是这种笼统含糊的回答。

这天美野里也建议两人一起吃晚饭，但清美说回来会很晚，她就自己先离开了酒店，在街上溜达了一阵，回到了学生会馆。社团团建、外出旅行、探亲后返回的学生们使会馆里变得热闹非凡。外公来东京，在酒店吃饭，在酒店住宿，在游人如织的吉祥寺街上散步……，想到这里，虽然看到同学们都很快乐开心，但美野里并没有情绪低落。

第二天，从学校回来的美野里接到了母亲打来的电话。

"你和外公干什么去了？"母亲突然问道。

"干什么?! 我去车站接他，然后到酒店一起吃饭，我也住在酒店，昨天上午离开的。外公说他要去朋友那儿，晚上回来迟，他自己能行。已经平安到家了吧？"

"看样子欢天喜地的，或者说兴高采烈的。你想，你外公平时总是不露声色，对吧？无论是开心，还是不开心。可这次回来，感觉一反常态，我倒担心是不是发生了什么。"母亲说道。

"那可能是因为见到了朋友，如愿以偿了吧。外公已经很多年没有独自来过东京了吧？这样说来，外公以前在东京住过吗？"美野里突然想起就问道。

"就算住过也时间不长，只是在上大学的时候。"

"啊？外公上过大学？"

"听说是上到一半儿就被迫退学了。你想，毕竟是在那个年代嘛！不过，是啊，也许就是因为和朋友热烈欢聚了吧。因为你在东京，所以他可能还要去吧。到时候还得你照顾呢！"母亲说完就挂断了电话。

从美野里记事时起，外婆就在蓬莱屋干活儿，而外公并没做什么具体的事情。她只记得外公坐在蓬莱屋柜台角落里的身影，还有坐在停车场长凳上的身影。有熟人经过时就和对方聊聊天，没有的话就一直那样坐着。当时美野里并未感到有什么不可思议的，从最初就作为那种存在予以接受，就像自然而然地接受清美单腿伤残的事实一样。

而且，清美如今依旧不做什么工作。或许只是美野里不知道而已，但在她的记忆中从未离开过本市的清美，也曾有过与自己同龄的时代，也曾像自己这样以上大学为契机离开本市，在东京生活过。了解到这些，对美野里算是不大不小的冲击。她在心里埋怨外公：哎呀！怎么不早说呢？

哪个大学？什么专业？住在东京哪里？自己都想知道。不过，想起昨天清美说过因为大学里聚集了形形色色的人，所以会有性情相投的同学，美野里就迫切希望再和清美聊一聊。外公也曾想过到外面去吗？后来外公遇到什么样的朋友了？在哪里和那个朋友相遇的？在社团？在课堂？目前在东京的是大学时代的朋友吗？持续五十年的友情太了不起了吧，那个朋友和其他人有什么不同？

美野里想，因为清美可能还要来，所以到时候再问也行。但她转念又想，不，就算问了，清美也还会像以前那样避而不答吧。尽管如此，想到清美已经心情愉快地返回，美野里也非常开心，情绪高涨地开始准备晚饭。

黄金周结束后紧接着到来的星期六，美野里决定去市子介绍的"麦之会"社团集会看看。宣传单上印着四月和五月的主要活动的预定日期和地点。究竟要不要告诉三○五号室的市子自己周六要去参加集会呢？她犹豫再三，最后还是放弃了。她觉得这样做似乎过于依赖市子，实在有些难为情。

美野里多次提醒自己，去参加活动并非因为市子也在那里，而是因为自己对这项活动感兴趣。

仅从宣传单上看，"麦之会"并没有特定的总部，每次活动的集结地点都设在不同的大学或东京都内的公共设施及体育设施内。

本周六的集会地点是御茶水区的某所大学。美野里没考上这所大学，但因为来这里复试过，所以知道位置。当天的活动内容只是简短的"报告·会议"。美野里周六的课上午结束，所以她在学校食堂吃过午饭就前往御茶水区了。

虽然已进入五月，但校园里依旧排列着社团招新的展台。尽管如此，看样子这里与美野里的学校一样，招新期即将结束，分发宣传单的学生已不是很多。美野里边察看校内各处的导览图，边寻找会场所在的教学楼，总算到达了现场。

这里不知是教室还是其他用途的房间，12号楼的1207室里，既没有黑板也没有课桌，几名学生正在摆放钢管折叠椅和长桌，没看到市子的身影。美野里走进教室，向摆放折叠椅的女生打招呼。

"我想加入社团。"

女生抬头看看美野里，就朝房间里面呼唤："泽和彦——，新生！"

被唤作"泽和彦"的是位男生，他停下在白板上写字的手，随即朝美野里走过来。

"欢迎你！会议四点钟开始，再过一会儿，大家就集合了。我是担任社团代表的泽和彦。会议结束时，会请今天新加入的人进行自我介绍。拜托啦！"泽和彦露出爽朗的微笑。

四点钟来集合的学生有二十名左右，可还是不见市子的身影，大概她今天要缺席吧。折叠椅朝白板方向摆放，白板旁有一张长桌，坐着包括泽和彦在内的四名学生。泽和彦做了开场发言。

他对本年度日程已定的活动以及新开始的策划案做了说明。据他所讲，社团活动分为几个组，内容有面向儿童的学习辅导组和娱乐组、以为社会做贡献为目标的地域组、海外活动组等，成员各自归属自己所希望加入的班组，也可以跨班组加入。

代表报告完毕，会议开始，几位学生热情发言，但新加入的美野里只是呆呆地看着。果然不出所料，看上去就很认真的学生居多，她就开始担心自己加入这个社团后究竟能否把事情做好。不过，她也想到必须通过这种活动促使自己努力奋进。成为大学生只一个多月，美野里就已过于意志消沉，甚至消沉得有些厌倦。她不得不强烈地认识到，自己是个憋闷无聊、对任何事物都毫无兴趣的蠢人。正因如此，才应加入这样有益的社团锻炼一下。另外，她多少也有些打小算盘的意思：加入这种社团可能对将来的就业有利。

在会议即将结束时，泽和彦按照预先敲定的流程说道："在场的还有今天初次参加的新成员，请新参加的同学起立。"

包括美野里在内的三名同学站起身来，有一名男生、美野里及另一名女生。

"请用一分钟时间介绍自己。如果刚好一分钟，就有奖品，一分钟以内的话算及格，要是超时了，哪怕只一秒，也要做惩罚游戏。"泽和彦说完，现场有人憋不住了，笑出了声。

"那好，先从你开始。"

"啊？"美野里顿时张口结舌。

泽和彦视线转向腕表，说了声："好，开始！"

美野里介绍了所属大学的名称，自己的专业、年级、姓名和籍贯，然后说："我没做过志愿者，但既然成了大学生，就想做新的尝试，想……想……那个……，就来这里了。"她迅速说完就闭上了嘴。

"太短了！离一分钟的时限还早。不过就这样吧！接下来是你。"泽和彦指了指那个男生。

美野里坐下，隔着一个座位的短发女生微笑着凑过来，小声说："这好像是新生都得做的游戏。我也一样。"

然后，大家整理好折叠椅，把长桌和白板送到另一个房间，陆续走出教学楼。刚才那个女生告诉美野里，会议之后照例会在附近的居酒屋聚餐。虽然已时近傍晚六点钟，但太阳还没落山，校园里的树丛映染了些微橙黄色。

"迎新联谊会已经结束了呀！"走在美野里身后的女生说道。

"到现在，今年的新生有几个？"那位女生旁边的男生问道。

"八个左右吧？"

美野里一边听着周围不知是几年级的同学交谈，一边前行。

"我也是新生，名叫宫原玲。请多关照！"刚才那个向美野里搭话的短发女生说道。

酒会在车站附近的某居酒屋举行，这里宽敞得令人惊讶，各处餐桌席位已被相似的学生团体占满。看样子已经预约过，"麦之会"的成员们被领到日式包厢，里边的长方形矮桌上已摆好赠品小菜和一次性筷子。美野里不清楚与会者是否都已到场，看到坐在门旁角落的像是一年级新生，她便也坐在其中。

在各自所点饮品上齐后，大家在泽和彦的提议下干杯，从他身旁按顺时针方向依序进行自我介绍。这么多人，不可能全都记住，美野里呆呆地望着介绍自己的姓名、籍贯和大学名称的人们。参加酒会的成员（包括她）共二十二名，其中女生十三名，男生九名。坐在面前的宫原玲介绍说，自己是某私立大学文学系的走读生。

全体自我介绍完毕后，泽和彦说："包括经常不来的'幽灵'成员，社团共有三十八名，加上今天新来的三名，共计是四十一名。请新来的三名过后留下联系方式。"

场内不明缘由地响起了掌声。

菜品端上桌来,大家兴冲冲地开始伸筷子,餐厅里骤然喧闹起来。

"哎!嗯……你是姓多田吧?再不动筷子,可就没东西吃啦!"

听到身旁的女生提醒,美野里慌忙往自己餐盘里夹炸鸡块和炸薯条。

"点杯啤酒不会挨批评吧?"

"记在学长们名下,应该没事儿。"

大家开始各抒己见。

"东京的鱼不难吃吗?"刚才自我介绍名叫迫田实惠的女生对美野里说道,"第一次吃到时,把我吓得够呛,又腥又烂糊糊的。"

"是不是因店而异?"美野里说道。

"不不,在哪家店都难吃,难吃得很。"

"哎,你那样说,对东京出身的人太失礼了!"对面的宫原玲说道,话虽有些冲,却似乎并非在生气,

"也许东京的鱼比实惠同学老家的鱼要难吃,可我已经吃了十八年这种难吃的鱼。"

"那真是可怜,居然还没厌烦生鱼片呢!"迫田实惠继续说道。

"我倒不嫌鱼难吃,就想在东京长大。"宫原玲旁边的男生说道,"经常遇到演艺名人吧?"

"倒也不会那样。"

"还能追加饮品吗?"

"说起迎新联谊会,当时有人闹翻天了吧?今天倒是没有。"

"那个……"美野里一发声,刚才在随意交谈的人们都看着她,"诸位都是一年级新生吧?"

"不必用敬语!"迫田实惠插言道。

"啊,是,不……嗯……那个,我就是想问大家为什么选择这个社团。"

美野里这样一问,大家都面面相觑。

"就是二年级的山内,哦,那个人是我高中的学长,是他建议的。"

"我一上高中，就开始参加志愿者活动了。上大学后，去看过各种社团，觉得这里的气氛最友好和睦，非常愉快。"

美野里周围的几个人像做自我介绍一样依次回答。

"我是因为喜欢招新宣传单上的照片。"

"那是什么样的照片？"

"就是孩子的照片，好像是在尼泊尔或什么地方拍的。看到之后，我也想拍那样的照片。"

"那不成了摄影社团了吗？"宫原玲插言道。

"嗯……，倒也不是想当摄影师，怎么说呢，我就是觉得，那些被拍摄的孩子们信赖拍摄者。我也想拍出那样的照片。"

"你是为了拍照片才当志愿者的吗？"

"倒也不是为了拍照片啦！或者说，我不太喜欢所谓做志愿者之类的说法。"

"可这里就是志愿者社团呀！"宫原玲说道。

这两个男女生忽然争论起来。美野里想起，那个男生刚才说他叫远藤翔太，大学名称和宫原玲相同。

从这种毫无顾忌的对话来看，也许两人在加入社团之前就是朋友。

"所谓志愿者，不是有援助方和被援助方的感觉吗？我就是不喜欢那种模式嘛！"

"那不是因为你任意地给'志愿者'这个名称强加了居高临下伸出援手的意味吗？"

现场气氛有些紧张，美野里觉得这是由自己的提问引起的争论，顿时心怀歉疚，同时又觉得太麻烦，就问："那宫原同学为什么选择了这个社团呢？"

"那是因为负责招新的泽和彦学长长得特别帅吧。"远藤翔太讽刺道。

宫原玲对其不予理睬。

"因为这个社团不只是在国内活动，还会在海外进行活动。"宫原玲正面盯着美野里，说道，"我想看看身处不同文化环境中的人们，想和他们交谈。我想和观光旅游时所看不到的人见面，听听他们的讲述。"

"这不就和远藤君说的相似吗？不就和想拍观光旅游所拍不到的照片一样吗？"迫田实惠说道。

宫原玲刚要开口反驳，就被另一个女生打断了。

"我是神户地方出身……"她像是要转换话题般加入进来，"发生阪神大地震时，我还是初中生，虽然记得不太清楚，但印象中我家房子震坏了一半，就在亲戚家住了一段时间。当年看电视报道时，感觉好像不太对劲儿，自己所看到的和电视中出现的是两个世界，心里很不舒服。我发现，在电视和杂志上看到的街景是拍摄方所期待看到的受灾状况。所以，我理解中原说的，与其去救助对方，不如去和对方见见面、谈谈心，也希望他们向外界传达现场真实的情况。"

"中原是谁呀？不是宫原吗？"

宫原玲故意调侃似的说道，沉重的气氛终于被一扫而空。

新生们说完，席间响起笑声。新加入社团的学生是把震灾话题与其后邪教组织搞的恐怖袭击事件联系起来提问，美野里对此予以理解，并觉得大家也都心领神会。

"本社团创办于三十年前，据说当时起始于基督教团体。哦，是正统的基督教！不过，现在已经完全没有那种关系了。"

"一颗麦粒若未落地就死去……？"宫原玲喃喃自语道。

"对，那个……那个麦粒什么的，就是本社团名称的由来呀！"泽和彦点了点头，"主食谁要？"他拿起食谱问道。

"炒饭两份！""我要炒面……，可以点芭菲冰激凌吗？"几个人随即喊道。

"那个，是什么？"美野里向桌面探身问宫原玲。

"《圣经》里说的，意思好像是一颗麦粒若未落地就死去，那它仍只是一颗麦粒；而若落地死去，就会结出丰硕的果实……吧？我虽然不是信徒，但上的是教会学校。"

"我先前感觉社团名称好朴素，原来有这种宗教方面的说法。"

"是不是感觉有点儿失策呀？我觉得有很多新生因此而不来见习。"

"不过，光今年就来了八个人。"

话题又自然而然地转向其他方面，清酒、软饮料和菜品分多次被端上桌来，有人因把酒弄洒了而发出尖叫，有人要去厕所，却刚起身就跌倒了，里面座位上有人唱起歌来。虽然现场略显失序，但仍有人抓住刚才的话题不放，继续认真讨论志愿者工作的意义和个人信念。

九点钟刚过，酒会结束，初次参会的新生可以免单，其他人根据年级不同进行分档收费。

走出店外，周围饮食店和楼宇的霓虹广告灯箱光芒四射，甚至有些晃眼。居酒屋前的小巷和通往车站的街道上熙熙攘攘，有类似美野里她们的学生团体，也有身穿西装的上班族。抬头仰望，楼宇之间露出反射了霓虹灯灯光的淡紫色夜空，被电线分割的狭小天幕上看不到一颗星星。

"多田同学，你住哪儿？"一同走向车站的宫原玲问道。

"国分寺。"美野里答道，而后又问，"你知道吗？"

"当然知道啦！"宫原玲笑道。

美野里反问宫原玲住在哪里，宫原玲回答说住在世田谷。

"哦，就是演艺名人常出现的……"美野里不禁脱口说道。

宫原玲仰头笑了，像要挑起恶作剧似的说："哎，要不要去家庭餐厅？"

当晚，美野里乘上比末班车早两班的电车，总算返回了学生会馆。她以前不知道深夜的电车里也会那样拥挤，车厢里有很多醉醺醺的乘客，酒气冲天。在新宿站又有大量乘客上车，她拼命地抓住扶手才没瘫坐在地板上。

美野里走出检票口，感到周围突然安静下来了。这里虽然也有亮灯的居酒屋、饮食店和便利店，但与御茶水的街道相比，仿佛身在异国般宁静。夜空也不是淡紫色，而是深藏蓝色，有几颗星星在眨眼。

美野里在便利店买了运动饮料和雪糕，吃着雪糕走在住宅区的街道上，时而自然而然地发出笑声。"感觉很开心啊。"她在心中多次这样说道。今天毫无疑问是进大学后最愉快的一天。她甚至想到，自己就是为了这一天而在那一天从老家走了出来。

在居酒屋聚会之后，她应邀同宫原玲一起去家庭餐厅，迫田实惠和远藤翔太也跟着去了。宫原玲和远藤翔太虽然是同校同系，但出乎美野里的预料，据说他们初次见面是在这个社团里。迫田实惠再次介绍她是富山县出身，正在上女子大学。

他们各取所好地点了饮料、炸薯条和芭菲冰激凌等。因为人数较少，所以不必划分话题种类，大家相互交流了各自的学校、课程和感到惊讶的事情。

美野里表示在选课方面非常困惑。

"因为课程种类太多了！"迫田实惠也有同感。

"不至于吧？这些东西在高中毕业前都没学过吗？"宫原玲将身体探向桌面，说道。

"'这些东西'是指什么呀？"

"就是凡事要自己思考，自己做决定。我估计学校没对你们进行这方面的训练。管控式教育与这种训练是两个极端。学生进高中后，只要不大张旗鼓地违反校规，用不着自己思考就可以顺利升级和毕业。可进大学后突然全都叫自己去查、去选，所以茫然无措啦！"

虽然没喝酒，宫原玲却红着脸越说越兴奋。

"这和那个很相似吧。有些日本人的英语应试成绩很优秀，可对话能力却特别差。"

"所以，我买来了小册子，专门介绍能轻松拿学分的课程和能代为点名答到的课程。我最后还是选了比较轻松的课程！"美野里忍不住嘟囔道。

"啊，那就是将来会后悔的模式。我听说过那种情况，不管选多少轻松课程都学不进去，学费超高，实在得不偿失！"

迫田实惠一本正经的发言令美野里感到畏惧。

"我也买了那种小册子，据说有些顽固教授，课程选修八年都不给学分。我知道后吓得浑身发抖。"

翔太这话让美野里松了口气。

"对，对，我们学校也有那种老师。"美野里边吃凉透的炸薯条边笑着说道。

走在飘着烤鱼味的深夜的住宅区街道上，美野里回想起了刚才的对话。虽然倒也没说什么大不了的事情，但能说出自己的心中所想并得到对方的倾听和共鸣，甚至讨论了必须深思的事情，这一切都令人感到愉快。不，不对，美野里当即否定并重下结论：来到东京后本以为不会找到亲密朋友，不会遇见能交心的朋友，但现在明白并非如此，是这一点令自己无比欣慰。今天刚刚见到的那些人，刚刚在家庭餐厅里只交谈过几个小时的那些人，都不是逢场作戏地说些外交辞令，谁都没有嘲弄自己入学后焦虑不安的情绪。本以为再不会找到像高中时代那样的密友，但其实也许并非如此，今天她才第一次有了这种感受。

"啊哈哈……"美野里仰望着夜空，笑了。

## ☺ 外公篇

"不要相信感情。"这是某个老兵说的话。此人寡言少语,不会乱耍威风、任意打人,家乡还有妻子和幼小的孩子。

松本甚平说:"为什么会有打人的家伙和挨打的家伙呢?"甚平就是这样一个总说奇怪的话、思考奇怪的事的人。比如说,是不是打人的家伙觉得打人好呢?我们这些挨打的人会觉得打人好吗?他就总是思考这种事情。

我不会思考那种事情。打人的家伙也不会一边想着打人好一边打人,就是想打人所以打人,觉得应该打人所以打人。因此,当下级新兵入伍时,我和甚平都会打人,不可能因为新兵不愿挨打就停止打人嘛!

在空罐里放入钉了钉子的木片,再把蜡烛插在钉子上就做成了烛台。我们俯视着烛光,谈论这种事情,老兵加入进来，告诉我们这没什么好思考的。你思考了就不会挨打了吗？思考了肚子就能饱吗？思考了就能回家吗？根本不是那么回事儿，所以思考也没用。挨打是无可奈何的事，但别为了这个懊恼悲哀，别为了这个想着报复。

"也就是说，不要有感情，对吧？"有一天，甚平这样说道。

训练期间也有休息日，休息时，我们就去街上吃炸猪排饭和乌冬面，还喝酒。店里的女孩儿对我们很热情，甚平说："受到热情招待，会感到很高兴呢！"

不过嘛，受到热情招待时，我感觉心里怪痒痒的。

虽然心里怪痒痒的，但如果到此为止，不就完了吗？甚平接着讲了他喜欢的女人的事情。他说自己非常喜欢她，可对方却不理睬自己。他来到这里后也写过信，但没收到回信。

或许不再思考就不会感到悲哀。给对方写了信，对方没有回信，于是"喊"地咋舌一声，然后什么都别想，这样不就忘了吗？不就没苦恼了吗？

我想：那倒也是。可我仔细观察甚平后，觉得并非如此。

甚平看上去和其他人有所不同。他手里虽端着枪，眼睛却看着前方不远处杂草上落着的蚂蚱。他站岗时，看着眨眼的星星；进行拼刺刀的训练时，看着风吹稻浪；挨打时，看着对方的汗珠；听电台广播单口相声时，仿佛在看银座的咖啡馆。

仅仅是看着。不过我想：对于甚平来说，看着可能就代表已经在思考了。

我问他在日记里写些什么，他说写的都是看到的东西。于是我想：如果过后重读日记，那里就会出现甚平。不是扛枪时的情景，不是站岗时打瞌睡，不是挨打的屈辱，而是只有甚平才能看到的东西。小小的昆虫，透明的水滴，时明时暗的光亮——与战争毫无关联的景象都会出现。甚平看到的东西本身就是甚平。想吃烤鳗鱼，想见那个女孩儿，不想杀害任何人，我真能毫不含糊地战斗吗？甚平不必做任何思考，他所看到的东西本身就是他的感情。

我说："合适的时候让我看看你的日记吧。"

甚平怪笑着说："没什么意思！"

我们离开训练场后就要开赴战场了，训练结束就解散的愿望到底没能实现。不过，会允许我们回家几天。但是，由于我们开赴战场的事属于绝密，所以禁止告诉家人出发的时间及地点。

父母似乎有所觉察，晚餐桌上摆的都是我喜欢吃的好菜，还有酒。在我去训练场时，母亲曾说："你去英勇战斗吧！"可这天却在半夜叫醒我说："你可以逃走。"母亲明明知道我无处可逃，却说出那种话。

不能思考。因为只能选择去，所以去；因为无处可逃，所以不逃。仅此而已。

于是，我们又出发了。由于是绝密，所以既没有像去训练场时的盛大欢送，也没有壮行会。

规矩多，杂务也多，都要记在脑子里。虽然当时又挨打，又困倦，总想早点儿回家，可此后我却被迫认识到训练场才是个悠闲的地方，被迫认识到不可以思考，不可以有感情。不，准确地讲应该是思考和感情全都消失了。

# 第三章　旅途

玲，你还好吗？你发表的报道我已读过，看到你的名字，感到非常怀念，就写了这封邮件。

即使是正在清扫店内或接待顾客，美野里只要想起来，就会考虑写给宫原玲的邮件内容。

　　你的报道在网络上发布了，我非常惊讶。你还是那么活跃啊！

这样写的话，玲会不会感到有点儿挖苦的意味？

　　你目前的采访要持续到什么时候？还会出新书吗？

宫原玲曾多次寄来新书，可自己都好几年没发邮件致谢了。想到这里，美野里觉得这样写不免有些冒昧。她在大脑中写写删删，不停地修改。

就在几天前，电视上的天气预报说关东地区已进入梅雨季节，最近不是阴天就是下雨。虽说并非因为这个，可美野里一想到给官原玲写邮件的措辞，就感到心情像阴天般不爽。她也觉得既然如此，就别发邮件了，但又觉得如果现在不发，恐怕今后自己就再也不会主动联系官原玲了。她感到似乎有人在催着自己联系官原玲，却又觉得自己也许只是想和官原玲再聊聊天而已。

当天晚上，美野里在为十点多才回家的寿士准备晚餐时，讲了官原玲的情况。寿士并未见过官原玲，但美野里的书架上摆着官原玲的纪实文学作品。在两人共同生活时，美野里曾告诉寿士，这个人是她大学时代的朋友。所以，当美野里提到官原玲的名字时，寿士首先说："哦，就是写那些书的……"

"嗯，是的。"美野里点点头，然后断断续续地讲述起来，"我看到了她写的报道，她好像正在墨西哥取材，想给她发邮件，却写不出来。"

为什么没能自然顺畅地写好并发送邮件，连美野里自己都不太明白。她对宫原玲也曾心存芥蒂，还曾想过因价值观差异过大，要与她保持距离。然而，一切都已成为过去，最终两人言归于好。不，因为并没吵架，所以也无所谓言归于好，只是模糊地感到产生了距离——大概只是自己在保持距离——而这些根本无法向寿士解释透彻。

于是美野里说："我感觉她好像成了特别了不起的人，目前在以世界为舞台进行重大事件的取材，一想到是给这样的人发邮件，就有些畏缩。"

对自己踌躇不决的原因，美野里做出了敷衍的辩解。当然，这些倒也不完全是假话。

"不过吧，既然她在外国进行取材那么艰辛，如果看到朋友发来邮件，应该会感到高兴吧。何况你还告诉她已读过她写的报道，所以不会不高兴的！"寿士一边仔细地剔着煮鱼肉，一边说道。

"那倒也是啊！"坐在寿士对面的美野里喝着啤酒点头赞同。

"而且，她本人也未必因此而感到自己特别了不起吧。要是周围人都这样想而疏远她，她也许会变得很孤独。"

"那倒也是啊！"

"你只会说这个。"寿士笑着说道，美野里也笑了。寿士背后的通向阳台的玻璃门上吧嗒地落下雨滴，接着啪啦啪啦地落了更多，雨点越来越密集了。

"下雨了。"美野里嘟囔道。

"天气预报挺准的呢！"寿士起身从冰箱里拿了罐啤酒，打开拉环，倒进玻璃杯。美野里盯着寿士盘中剔净了肉的鱼骨架。


在开往山下亭的电车里，美野里用智能手机发邮件，不是给宫原玲，而是给真锅市子。年长两岁的市子是为数不多的、如今依然在互相联系的大学时代的朋友之一。市子大学毕业后在海外居住了一段时间，不知是留学还是游学。她回国后在食品公司就业了，但在六年前辞了职，第二年则创立了时装品牌。美野里对她的意外转行感到惊讶，问过之后才得知是经营公平贸易产品的公司。市子曾经说过，比起服饰，她更想经营公平贸易产品。在先前就职的食品公司里，她本想设立公平贸易部门，可经多方努力却没能成功。由此，她意识到那就自己当老板好了。市子依旧用大学时代那种一切都无所谓的语调，讲述在美野里看来是"热性子的人"做的事情。

市子，好久不见，我是美野里。

美野里虽然和市子也很长时间没见面了，但发邮件时从不会犹豫。

前些天偶然读到宫原玲写的报道，我非常惊讶。报道中说，中美洲的民众正组成迁旅集群向美国边境行进。你知道这事儿吗？你最近和宫原玲联系过吗？因为我很久没和她联系了，所以现在正在犹豫要不要给她发邮件。

美野里点了发送图标，然后向窗外望去。昨天的天气预报说今天一整天都有雨，可现在却是高天上流云飘移，根本没有要下雨的迹象。

在即将到达山下亭时，手机发出短暂振动，美野里在信号灯前停下脚步查看。本以为是市子的回复，可一看却是来自陌生地址的邮件。

我向妈妈要了你的电话号码。你在用LINE吗？哦，我是小陆。我求他们帮我买了智能手机，可还没有添加联系人。

美野里瞬间想到，大概是小陆与哥哥启辅或嫂子由利做了交易，给他买了智能手机，他就去上学。她随即发送了自己的LINE二维码。

美野里到店后照常向两位西点师寒暄，换上工作服后开始清扫店内。峰村茜来了，桃子来了，按部就班的一天开始了。

在下班归途中，看到长尾真步在等绿灯，美野里就站在她身边，说了声"你辛苦了"。真步轻轻点头，说了声"哦，你也辛苦了"。西点师须田雄介和长尾真步平时总在厨房里，休息时间也不会在一起，所以美野里很少和真步交谈。绿灯亮了，两人一同走在通往车站的路上。虽然到底还是没下雨，但空气中仍有轻微的雨味。

"长尾师傅家在哪儿来着？"美野里问道。

"世田谷代田。"长尾答道。

"路不远，挺好的呀！"

"因为要起早上班，就搬了家。我来山下亭工作之前住在市川。"

"那可太远啦！"

"是。"

对话中断。虽然默不作声地走路倒也无妨，但总觉得有些别扭。

"那个……新式蛋糕，有夏季的味道挺好的，就是名字像连体衣的……"美野里说道。

"'柚香慕斯蛋糕'，和连体衣完全不一样。"真步笑道。

来到通往车站的商业街，居酒屋和快餐店前灯光迸溅，行人交织。

"你为什么决定来山下亭工作？"真步突然问道。

"哦，因为记不住糕点名称？"美野里反问道。

为了接待顾客时不至于太尴尬，美野里当然记得糕点名称和所用材料。不过，一旦走出店门，她就会立即忘掉除主打商品以外的糕点名称。

"我这样问太奇怪了，请原谅。那个，因为我听说你不喜欢甜食……"

"没有不喜欢！应该说是不感兴趣吧。"

"那个……，为什么对甜食不感兴趣却进了糕点铺呢？"

该怎样回答呢？美野里一边计算着到车站的距离，一边寻找答案。再过三四分钟就能到，回答不必拖得太长。

"因为接待工作令人愉快，在那里待着挺舒服。"美野里答道。

"长尾师傅喜欢甜食？"美野里问道，随即又加上一句，"那是当然啦！"

"倒也没多么喜欢。不过，我初中时去京都修学旅行，在自由活动时，去曾在少女杂志上看到的糕点铺吃了蛋糕。那是用正统方法制作的花式蛋糕，简直好吃极了，我感到雷击般的震撼，嘴里念叨：'这是什么？这是什么？'从那时起，我就满脑子只考虑蛋糕的事情，上高中时，攒零花钱遍访糕点铺。于是……"真步说得这么起劲实在少见，她像突然回过神来似的看着美野里，"对不起，我说了这么多……"然后难为情地从提包里取出票夹。

"长尾师傅，没想到你这么富于激情啊！"美野里说完，心中忽然涌起某种怀念感。

"只是对糕点这样。"真步笑着点头致意,"那好,明天还请多多关照。"她说完转身走去。

美野里心里涌起怀念感是因为她想起了大学时代。她也曾有过这样的时光——用不着刻意计算到达目的地的时间,尽情地讲述心里话。她通过检票口,随着人潮走向前往站台的台阶,为自己对真步含混不清的回应感到歉疚。

市子发来回信是在晚上。晚饭后,美野里和寿士一起观看新拍摄的电影的样片DVD时,发现来了邮件,就走到餐桌旁。

好久不见。谢谢你发来邮件。去年我因为有事要问,曾给宫原玲发过邮件,当时她还像以前那样,挺好的。我倒没持续关注宫原玲的采访报道,她好像还是那么忙碌啊!美野里你还好吗?哪天得空再一起吃饭吧!看看我的新作品吧!

在邮件的最后附有网店的网址。市子的公司所经营的布料和刺绣都从签订公平贸易合同的客户那里进口，而设计和缝制则由国内的设计师和工厂承接。美野里打开网址，看到网店与以前相比还增加了箱包和内衣等商品。她刚要启动电脑详细查看，手机忽然发出短促的振动。她拿起手机，只见是小陆发来了LINE信息。

　　小陆：加上了，谢谢！这样使用对吗？

随后还发来了动漫人物的表情。

　　美野里：我觉得对，但我也不精通！你学校的朋友都没有智能手机吗？

美野里也发出回信，立刻显示已读。

　　小陆：很多人都没有。另外，因为家长会看，所以不便发送。

聊天中断，紧接着是由利发来的一条信息。

由利：美野里，抱歉，请多关照！由利。

原来如此，因为家长会检查，所以不便随意和朋友互发聊天信息，美野里这下明白了。

小陆：哎，有个叫凉花的人，你知道吗？

对方又发来信息，但不知是小陆还是由利。美野里想起，在外公房间里曾见过写有这个人名字的信封，但不知是谁。

美野里：我不知道。为什么这么问？
小陆：因为曾外公房间里有很多信件，不过我没看过内容。还是不看为好吧。
美野里：很多？

小陆：嗯，很多很多。上次我想整理一下，就按邮戳上的时间进行了排列，发现是从我出生前开始的。最早的是一九九九年。

美野里：是你曾外公叫你整理的吗？

小陆：不是曾外公，是克宏舅爷。他让我有时间的话就把曾外公的房间收拾整洁。还说曾外公曾外婆因为身体不好，连房间都没能清扫。

美野里看了来信，嘴里嘟囔道："一九九九年。"她立刻想起，那正是自己进京上大学那年。对了，就是外公突然来东京找自己那年。他说约好和朋友在黄金周期间会面，当问要不要送他时，外公说他一个人就行。他好像还说过"我比你更熟悉东京"。说不定他就是来和那个凉花会面的。情人？怎么会？

美野里：哎，你直接问问曾外公，凉花是谁？

小陆：要真是女友就尴尬了。（小陆发了一个擦汗的表情）

美野里：就算是女友，也时效已过。那你在曾外婆不在时问问吧！问清了也告诉我一声。

小陆：明白。晚安。

美野里：再联系。

"时效"这个说法也有些怪吧，美野里望着手机聊天界面想道。不，本来就没过时效，因为自己在前不久看到了那些书信。虽然当时没确认邮戳日期，但信封和邮票都不是旧式的，而且还是东京的邮戳。说不定，那个凉花从一九九九年起就一直和清美保持着联系。后来清美来东京，也是因为要见那个名叫凉花的女子吧。

"那是市子的公司？"

听到背后的问话声，正在聚精会神地思考的美野里吓得跳了起来。

"看把你吓的。"

美野里回过头来，寿士好像已看完电影样片，端着啤酒杯正瞅着电脑屏幕。寿士见过几次真锅市子，在搬来这座公寓后,夫妻俩还曾在此招待过市子。

"是的。我把前些天跟你说过的在墨西哥的那个朋友的情况发邮件告诉市子后,她连自己的商品宣传广告都发来了。"美野里说完就发现,刚才自己没抓住机会告诉小陆有关墨西哥迁旅集群的报道;可转念又想,也许小陆已对那条新闻不感兴趣了。

"我也喝点儿啤酒吧。"美野里嘟囔道。

寿士去厨房倒好啤酒,端过来递给美野里。

"你大学时代的朋友中,独往独来的人挺多啊!"寿士坐在美野里对面说道。

"确实如此啊!只有我什么都没做。"

"怎么会什么都没做呢?!"寿士笑了。

"你到现在还在交往的也是社团的朋友吗?这么说来,以前没听你讲过,你们有同窗会吗?"

"我上学的时候是根据所选语种分班,我和同班同学、课题研讨班的同学都很少见面!虽然有同窗会,但我又不去。"

"你参加的是电影社团吧?大家都从事与电影相关

的工作了吗？"

寿士以前说过，他在大学时代曾加入过电影研究会，由于毕业后需要继承家业，就想在大学时代尽情做自己喜欢的事情。他常去连放三部影片的影院，在校期间还摄制过一两次影片。

"哦，虽说那时是就业冰河期，但大家都找到了正式工作，像商社啦制造厂什么的。我因为做过一段时间的庭园营造业，自然就不和他们联系了。包括拍电影的同学在内，现在还在交往的也就是两三个人吧，其中有你也见过的堀内。"

"你喜欢上电影是因为什么机缘？"美野里想起刚才真步关于糕点的讲述，就向坐在对面的寿士问道。

"你会笑我的！"寿士说着自己也笑了起来。

"我不笑！"

"我在以前的社团里和现在的公司里也常跟别人谈起这种话题，第一次用自己的钱去看的那部电影，促使自己进入电影相关行业工作的那部电影之类的。虽然也有人问过我，但我还是一直藏在心里，直到现在。

我醉心于电影的机缘就是《子猫物语》。"寿士说完就笑了，"那时我还是小学生，都感动得哭了。"

"哦，关于猫咪的……"美野里隐约记得自己也看过，"那，别人问到你喜欢电影的机缘是什么，你是怎样回答的呢？"

"《梦幻之地》，好像是在初二的时候上映的吧。嗯……，而且是部好影片。可在如今的公司里，这么说的话会受到挖苦呢！"

"嗯……，棒球的……"对电影不太精通的美野里想不起故事情节，只是在脑海中模糊地浮现出铺满绿茵的棒球场的画面，"不过，虽说是以猫咪为主题的电影，但小学时就能找到自己的爱好，也算是相当早啊！"

真步也提到过自己初中时代的经历。看样子人对某种事物萌发兴趣都意外地早啊。

"因为电影或电视剧什么的而爱上某种东西，你有过这种机缘吗？"

美野里刚想回答说"没有"，但脑海里却忽然浮现出十九岁那年的冬季的各种情景：新宿喷泉广场，连锁居酒屋，走出商店后仰望到的煞白天空，在垃圾袋里找食的乌鸦……，美野里和宫原玲、翔太三人看过电影后展开了热烈议论，店员说要关门了，出来一看，天色已经发亮。他们毫不在乎去车站要多长时间，继续忘我地议论着。

"我记得在大一时看过有关战地摄影师的电影，感动得一塌糊涂。但现在想来，也许并不是对影片内容感动，也许因为自己第一次在东京看电影，也许是因为和我一起看电影的朋友们热情激荡。"虽然那算不上有了什么启蒙意识，但还是受到了影响，宫原玲和翔太也是一样。可那究竟是来自电影，还是来自热情激荡后的幼稚议论，美野里并不明白。

"哦，那是《如果踩到地雷就再见》。令人怀念啊！我也看过。"

"或许还是在同一家影院看的呢！"

"有可能啊！"

美野里关掉网页，关掉电脑电源。寿士起身从冰箱里拿来两罐啤酒,把一罐放在美野里面前,另一罐倒在自己的杯中。美野里喝完杯中剩的酒,把新拿来的啤酒倒上。

"不过吧,像那样热衷于自己的爱好并从事同类工作,真是幸运啊!"美野里说道。

"我倒是觉得,就算没能从事喜欢的工作,只要能有自己热衷的爱好,就很幸运!"

"比如说呢?"

"嗯……,你看,像日本酒啦、狗狗啦、猫咪啦,不是有很多吗?"

"那倒也是啊!有时不把爱好当工作也很幸运呢!"

美野里说完,觉得这话太消极了,赶快闭上嘴。

"确实如此,比起当日本酒制作工匠,找到好喝的日本酒更幸运啊!"

寿士一本正经地说完,美野里笑了,寿士也跟着笑起来。能聊着这种话题直到深夜的夫妻,确实像母亲所说的那样不接地气。美野里对此感到心情舒畅。

## 一九九九年

那年暑假，美野里也没想到要回家探亲。她在五月加入志愿者社团"麦之会"后，每周六、周日参与社团活动，每周参加一次在东京都内的大学或公共设施里举行的集会。活动主要在新宿区的学童保育设施和福利院、照护中心等处进行，也会被动员去搞地域清扫。社团规定一年级新生要用半年时间参加所有的活动，然后选择自己所希望加入的班组。

关于访问学童保育设施和照护中心时要做什么，社团会开会让大家提出策划方案并进行演示说明，项目选定后就开始准备。如果活动的对象是儿童，大家就共同设计烹调、手工、讲故事等游戏；如果活动的对象是老人，就编排合唱和短剧。

虽然尚未在自己学校里找到密友，但美野里对此已不再感到焦虑。即使是最初亲切交谈过的早穗，若能在校园内碰到，就站着说说话，或者上同一堂课时挨着坐，但不会在校外见面。

与此相比，包括住在学生会馆的市子，美野里和社团的伙伴们在一起时会更感到兴奋。

夏季有社团的惯例活动——夏令营，要和预先报了名的三十个小学生在奥多摩町进行三天两晚的野营活动。由于这个项目对社团来说规模较大，所以大家从放暑假前就忙碌起来了。会议一个接一个，既要参加非营利组织的讲习会，又要进行与夏令营基地的联系和日程制定等事务性工作。虽然美野里只是前往指定的场所完成指定的工作，但即便如此，她也体验到了参加重大活动的振奋感。

夏令营从八月一日开始。他们一大早就在新宿区内的某大学校园里集合，然后乘坐包租的小巴车出发。到达奥多摩町的营地。先按照事先确定的日程举行开营仪式，然后搭建营帐，进行户外野炊，举行躲球比赛，上课学习，准备晚餐。参加活动的孩子们大都是初次见面，也有几个去年就曾一起参加过活动。在前往营地的车里，有个二年级的孩子哭着说想回家（经社团的前辈哄劝才停止哭闹）；在野炊时，某个班组把煮咖喱的锅弄翻了（导致咖喱米饭的卤汁太少）。虽然发生了这些小麻烦，但还是较为平顺地结束了第一天的日程。

"我感觉好像选错社团了。"第二天，宫原玲在日程结束，营地熄灯后说道。

这时，孩子们睡下后召开的小结会也已结束，宫原玲、市子、与市子同为二年级生的板东智洋、代表泽和彦等几人坐在离营帐区稍有些距离的广场角落的长凳上，余兴未尽地聊着天。营地的照明设备大多已熄灭，有些大学生工作人员的营帐还亮着灯，从广场上一览无余。以树镶边的广场被昏暗笼罩，仿佛巨大容器的底部。忽然吹来一阵和风，枝叶一齐发出嘈杂声，须臾便归于平静。

"为什么……？"泽和彦问道。

"怎么说呢，就像在扮演另一个人，有一种违和感。或者说是在装好人。"宫原玲说道。美野里想起她兴致勃勃地和孩子们玩躲球游戏时的身影。

"孩子们吵吵嚷嚷、打打闹闹，还动手摸我。在这个夏令营，我切实感到自己不太喜欢孩子。"

市子、泽和彦和智洋都面面相觑，泽和彦忍俊不禁，市子也苦笑起来。

"没事儿的啦！因为孩子们就没把你当成好人！"市子惊诧地说道。

"宫原玲是不是深信只有好人才会做志愿者呀？认定自己是作为志愿者来参加这个夏令营，所以才会有那种感觉！其实大可不必那样争先恐后嘛！因为我们仅仅是来参加夏令营而已。如果不喜欢躲球游戏，不玩也行，像翔太那样在营地内做自己喜欢的事就好。"

泽和彦用平缓的语调讲述，宫原玲像小孩似的噘着嘴听。

远藤翔太在初次见面时曾经说过，他是受到招新宣传单上的照片吸引并希望拍出那样的照片才加入社团的。在夏令营和以前的活动中，他确实都带着高级相机，拍照片比陪伴孩子和做后勤更起劲。

"不过，那个我也觉得不太对路，这里又不是摄影社团。"宫原玲说道。

"每次活动都有人拍照并作为记录保存起来，整理之后会分发给参加的营员。因为有翔太拍照，所以最近大家就都不用操心这事儿。虽然没打算让他那样做，但这孩子确实帮了大忙。"市子说道。

"嗯——"宫原玲发出一声沉吟就沉默了。沉默之后，夜色又暗了几分。虽然依然是盛夏，但从树林遮挡的黑影中已传来草虫的呢哝声。

"如果确实觉得有违和感，我认为还是放弃为好。我们这里既耗时间又耗体力。你知道在春假期间有研学旅行活动吧？明年应该是去尼泊尔。我觉得宫原玲适合那项活动，你可以在参加之后再决定是否放弃社团。"泽和彦说道。

"就是修建学校那事儿吧？"美野里插嘴道。

"修建学校并不只是我们社团在做，非政府组织和对象国的行政部门也参与了呢！我们要带去援助物资，并像这样陪当地的孩子们玩，然后考察该地域的贫困状况。这次夏令营结束后，研学旅行的安排也会更加具体化。"泽和彦做了说明，"该睡觉了。明天还要早起。"泽和彦说完，提着灯站起身来。

几人陆续朝营帐区走去。"好棒的星星!"走在美野里身旁的宫原玲说道。美野里也抬头仰望,看到比故乡更多的星星撒在头顶的夜空。

"像灰尘似的。"美野里随口嘟囔道。

"太不浪漫了。"宫原玲笑道,"哎,参加研学旅行吧!"她像初次见面时邀请美野里去家庭餐厅一样说道。

"那就必须攒钱啦!"美野里说道。她已有这种意愿,既不是因为想去海外,也不是因为想获得新的体验,而只是想如果宫原玲决定去,就结伴同行。

"嗯,必须攒钱啦!"宫原玲依然望着星空重复道。

"宫原玲真是想到什么就说什么啊!刚才听得我胆战心惊呀!"

走在前边的市子等人相互挥手道别后走进各自的帐篷。美野里和宫原玲住的不是帐篷,而是小客栈,另有四名一年级新生同住。大家都已经睡下了。

"啊?是吗?我又没贬损社团,还觉得泽和彦说的有道理,我之前确实觉得这是好人才会做的事情。所以,我从明天起就不再这样想啦!"来到门口时,宫原玲回头轻声说,"别把大家吵醒,悄悄进去吧!"然后,她就打开了门。美野里还想和她多说会儿话,但宫原玲已轻轻走进房间。美野里跟在后边,等眼睛适应昏暗后,钻进了自己的睡袋。她小声说"晚安",宫原玲也回了声"晚安"。房间里安静下来,只能听到几处鼻息声和屋外的虫鸣声。

夏令营顺利结束,没有发生任何意外。更加幸运的是还碰上了连日晴天,先前策划和准备的"试试胆量""野营篝火""沼地"等游戏全都按计划完成了。举行闭营仪式之后,全体乘小巴车离开营地,然后在出发地的大学校园解散。有几个孩子哭起来,他们在跟来接自己的家长离开之前,先来找美野里她们握手拥抱。有的孩子对美野里说,明年还要参加,所以请大姐姐也一定要来;有的孩子哭着说,明年上了初中,就不能再参加了。

"那个……,怎么说呢,真的很激动。"

解散之后,社团成员在校内暂借的教室里召开了简短的总结会,之后照例去了居酒屋。迫田实惠在这里讲述了与孩子们告别时的情景。

"可我还是有种做戏的感觉，挺难为情的。"远藤翔太说道。

"我也是。"美野里不由得表示赞同。在这三天两晚的时间里，美野里与孩子们并未产生非常融洽的感觉，实际上美野里连营员的名字都没记全，所以对泪别的情景心怀异样感。

"如果气氛不热烈怪的话可惜的，我觉得孩子们可能也有这种情绪。"市子说道。不知是因为日晒，还是因为喝了啤酒，她满脸通红。

"哇！这想法可是够坏心眼儿的。"实惠夸张地把手贴在胸前说道。

那天，美野里和市子同行回到学生会馆。因为要分工把塞满活动所需衣物、睡袋和用具的背包带回，所以两人都抱着很沉的行李，走在夜晚的住宅区街道。

"这个社团的成员都很健谈啊！可以说是热情奔放。"美野里半开玩笑地说道。

"有很多是正儿八经的人！所谓正儿八经的人，怎么说呢，我指的不是社会性的那种正儿八经的人，而是指正儿八经地考虑志愿者是否伪善和自己究竟想做什么的人。"市子说道。

"因为感觉做好事挺难为情的。"美野里想起官原玲好像曾说过这样的话。

"不过呢，我们并不清楚这是不是好事呀！如果我们有自己所信奉的神，或许对所谓好事会有清楚的定义。但没有那种神嘛！"市子说着多次站住，抱紧行李，平淡地讲述对"积德"的见解。她说去年暑假曾独自去老挝旅行，那里有很多虔诚的佛教徒，他们真的相信通过积德能得到幸福的来世。

据说投喂流浪猫和流浪狗也是在积德，所以即使是极为贫困的地域的居民，也会在早晚为流浪猫狗准备食物。因此，无人饲养的猫狗也大都亲近人类，很少会避而远之。

"如果那样做了，来世就会比今世幸福得多。因为他们对此深信不疑，所以才会那样做。他们是不是完全没有所谓做好事的意识呢？寺院里出售装着十只鸟儿的竹笼，想要积德的人就会去买来并放飞鸟儿。大家都相信那就是在积德，所以不会认为那是伪善吧。"

"那抓来小鸟关在笼里出售就应该是罪过。"

"我觉得那并不被认为是坏事。因为如果惧怕犯下罪过，就不敢那样做，所以我才这样想嘛！"来到学生会馆前，市子放下行李，站在原地继续说道，"如果以利于将来的就业活动为由加入志愿者社团，似乎会被当成在做坏事吧，还会被指责是打小算盘，有人就很在意这一点。但是，我一直在思考，为了来世的幸福而善待猫狗和为了找个好工作而清扫街道有什么不同呢？"

"市子也属于正经人的类型啊！"美野里说完，市子难为情地笑了。

"累得够呛。睡吧睡吧！"市子说完再次抱紧行李，走进学生会馆。

"市子，我一定要参加研学旅行。"美野里对着市子的背影说道。市子边点头边登上楼梯。

我简直太无知了。如果多去看看世界，开阔视野并深入思考，自己肯定也能像市子和宫原玲那样直抒己见，对不懂的事情也能更仔细地探索。虽然已是精疲力竭，但美野里还是怀着奋起奔跑的愿望浮想联翩。

二〇〇〇年二月，研学旅行的目的地是尼泊尔。包括美野里在内，参团的"麦之会"成员共十二名，他们与国际非政府组织的三名工作人员在成田机场会合，经由曼谷到达加德满都。活动期间，要在加德满都郊外的小镇逗留一周，主要任务是在附近的村子帮忙建设学校，访问孤儿院。此次不是学生们自己活动，要在国际非政府组织工作人员的带领下共同行动。

上次夏令营结束后，除了通常的活动和集会，还面向有意者举行了多次研修会。他们了解了尼泊尔的传统习俗以及村里学校的现状，为筹集援助物资和街头募捐而东奔西走。

虽然目的地去年就已确定，但宫原玲和翔太曾说过几次"要是去柬埔寨就好了"。去年年底，三人一起去看的那部电影的故事舞台就是柬埔寨。影片根据在柬埔寨死亡的日本摄影师的传记拍摄，爱好摄影的翔太自不必说，宫原玲和美野里也都感动得一塌糊涂，看完电影还在居酒屋里热烈议论至天亮。虽然这次研学旅行的目的地是尼泊尔，但预计在校期间会有去柬埔寨的安排，于是三人便商议到时候一起参加，去看吴哥窟。

美野里虽然也曾想过要去柬埔寨，但是去尼泊尔也并无不可，反正是有生以来第一次出国。从去年夏令营结束之后，美野里就开始在一家离学生会馆有三站地的家庭餐厅打工，有时还会托人上课时替自己签到，倾力积攒路费。

在飞机起飞时，美野里想起大约一年前进京时的情景。"我要出去了"，她几乎喊出声来。现在的兴奋程度是当时的几百倍，她却并未喜形于色。因为同为一年级新生的宫原玲、翔太和实惠都已有过海外旅行的经历，所以她不好意思欢呼雀跃。

飞机在曼谷的机场中转，于傍晚六点多抵达加德满都的机场。美野里一行人受到在当地兼做导游的国际非政府组织工作人员的迎接，乘坐两辆小巴车去往市区。坐在窗边的美野里一直把额头贴在玻璃上朝外边张望。小巴车驶下高速公路,进入市区,只见街道两旁排列着亮起灯的小商店,人来人往,有身穿色彩鲜艳的纱丽服和长衫长裤的大人们,还有身穿像是校服的孩子们。车道以外的路上都没铺装水泥或沥青,光着脚的小孩儿们蹲在地上翻土。自行车和摩托车为了超越汽车,贴着商店门前驶过,尘土滚滚升腾。对这一切感到新奇的美野里看得目不转睛,曾去泰国研学旅行过的宫原玲和高中毕业后去澳大利亚旅行过的翔太都和美野里一样,双眼不离车窗外。

按照日程,他们当天要住在加德满都的小客栈里,第二天出发去活动地点。住的双人间里除了床铺,再没别的家具了,淋浴室和厕所都是公用的。厕所是蹲式的,没有厕纸,需要从旁边的大铁桶里舀水冲走排泄物。根据日程表,当天的晚餐是在附近酒店的餐厅里吃,美野里十分期待第一天的豪华大餐。可是,他们却被带进了一座简陋的建筑,空荡荡的房间里摆着桌椅。大家一起把厨房准备的餐食端上桌,国际非政府组织的日本籍工作人员做了致辞,然后开始用餐。虽然酒店和餐厅都极为简陋,但被称作"莫莫"的水饺和咖喱菜肴都很美味。

第二天早上,一行人乘坐昨天的小巴车从加德满都出发。驶离市区后,眼前出现了连绵的田野,山羊和水牛一如往常地在其间行走,远方山峦宛如水彩画一般。行驶片刻之后,前方出现了稀疏的砖瓦或木造的民居,出现了商店和小吃摊,出现了圆顶寺院,行人和车辆也越来越多。驶过这里后,映入眼帘的又变成了连绵不断的田野,数不清的山羊从对面走来,漫山遍野都是壮美的梯田。美野里忘掉了时间,着迷地望着窗外的景色。

"加德满都原来是大都市啊……"宫原玲呆呆地说道。前辈成员们都笑了。

从半路开始,变成了尚未铺装的坑洼路,他们前后左右地摇晃着到达了目的地,居然还感觉很好玩。从起点到终点行驶了两个小时。

这是一座无法与加德满都市区相比的偏僻村庄。但即便如此,仍有一处以枝繁叶茂的巨树为标志物的公交车站点，周围排列着板房、货摊和食堂，还有只在街边摆出缝纫机的裁缝摊，在地面上摆着鞋的二手鞋摊。这里有座气氛冷清的建筑，与其说是酒店，不如说是老旧的公民馆，是美野里一行人住宿的地方。貌似会议室的大房间作为男生寝室，二楼的两个房间安排给了女生使用。另外还有带简易厨房的食堂，以及厕所和淋浴室各两间。

放下行李，在食堂吃过当地工作人员准备的充当午餐的夹馅面包后，全体成员再次乘车出发。不久，就看不到商店和民居了，视野中全是绿色，偶尔有流浪狗和牛羊出现。美野里最初还感到新奇，便端着相机拍照，但看多了之后就不再动相机了。连绵的小山岗，山坡上的田地，茂盛的树林，只有汽车行驶的道路呈现红色，升腾着滚滚尘烟。周围虽然没有民居和商店，汽车却不时地与行人擦肩而过。头顶柴捆的女人，身穿短袖衬衫和长裙式服装的老人，他们究竟要去哪里呢？美野里心里想着，目送擦身而过的人们的背影远去。

小巴车行驶一小时后到达了目的地。在近似操场的开阔地上，有两座铁皮顶的小窝棚，相互支撑着搭建而成。在操场的一角，建起了新校舍的混凝土地基，几名工人正在作业。下车之后，有位日籍工作人员负责给大家做领队，她叫津田山敏子。

"在开始作业之前，我们要去向小学的全体师生致意。"敏子领队走在前边，进行了说明。目前的校舍面积不足，扩建工程从半年前就已开始。尼泊尔的小学为五年制，本校在校生有八十九名。有的孩子要走两小时的山路上学，所以产生了畏难情绪，再加上要帮家里干活，不得不中途辍学，因此这里今后还需修建学生宿舍。

美野里走进名为校舍实为板房的室内，顿时惊讶得屏住了呼吸。这里没有铺地板，孩子们就在地面上抱膝而坐。在没有隔断的室内，身穿蓝色套装的孩子们左右分开。因为两边各有一名老师，美野里就以为是高年级和低年级两个班。但室内挤得满满当当，分成两个班显得毫无意义。室内没有窗户，阳光透过顶部和壁板接缝处照亮室内。在眼睛适应了昏暗之后，发现孩子们都在看着他们。当地的工作人员和一位老师交谈了几句，老师说了句什么，孩子们一齐起立鼓掌，脸上洋溢着笑容。有几个孩子向美野里他们挥手，这么多孩子和这么热烈的欢迎使美野里感到震撼不已。

"据说要举行欢迎仪式。我们去外边吧！"敏子说道。孩子们也都跑到室外，有的孩子还摸摸美野里他们的手并冲他们笑。

大家在板房外边坐成一圈，老师用英语致辞，当地的日籍工作人员讲了话。随后，孩子们分成几组，依次走到圈子中央唱歌跳舞，还表演了短剧。接下来，志愿者向孩子们赠送带来的援助物资。大学生们分成几组，向孩子们分发文具、衣物、书包、绒布玩具、皮球、点心等，孩子们排队领取。美野里和宫原玲负责分发运动鞋，都是由闲置物品回收处和各家厂商捐赠的鞋子。孩子们列队挑选并试穿，如果尺码合适就收下。有的孩子穿上运动鞋后高兴得蹦蹦跳跳，有的孩子和美野里他们击掌后就飞快地奔跑而去。虽然宫原玲以前说过不喜欢孩子，可在这里，她每向一个孩子递去鞋子时，都要说上几句话。她用英语问他们几岁了、叫什么名字，孩子们听不懂英语，只是对着她笑。有的孩子可能问过别人，会合掌说声日语的"谢谢"，宫原玲也合掌说声尼泊尔语的"谢谢"，周围的孩子们一齐笑了起来。

"啊？怎么啦？为什么笑？奇怪吗？就是'谢谢'嘛！"宫原玲合掌鞠躬，孩子们又笑了。

援助物资分发完毕后，志愿者们去建筑工地帮忙。混凝土的地基上已经立起支柱，正在垒砌砖墙。为了提高耐久性，要把板砖在水中浸泡一下晾干，然后再垒砌成墙。除此之外，还有人在周围拔草并搬走乱石。下午三点多，像是下课了，孩子们从板房里跑到外边。他们都没回家，有的拿着刚才获赠的皮球玩耍，有的玩捉迷藏游戏，有的学着美野里他们的样子拔草，还过来搭话。可是，当目光相遇时，却都腼腆地低下了头。美野里装出专心致志干活儿的样子，然后猛地抬头做了一个鬼脸。仅这一个动作，孩子们就发出怪叫声，然后倒在地上大笑。他们渐渐地来了兴趣，围拢到在继续浸泡板砖的美野里身旁。美野里为了回应他们的期待，多次停下手来做鬼脸，或者假装要猛扑过去。这样重复了好多次，孩子们也没玩腻，同样笑得满地打滚。

"这些孩子可真能笑啊！"宫原玲嘟囔道。

"会笑死呢！"市子诧异地说道。

孩子们应该听不懂，还是冲着她俩笑。

正在逗孩子们玩儿的美野里忽然想哭，这些孩子为什么这样笑个不停呢？自己只是稍稍做了个鬼脸，他们为什么就会迸发出银铃般清脆爽朗的笑声呢？为什么不怕浑身是土而在地上打着滚儿笑呢？美野里怕自己哭出来吓着孩子们，就咬着舌头忍住，像刚想起来似的继续做鬼脸。四点钟过后，太阳依然高照，天空万里无云。

昨天在小学看到的孩子们笑得满地打滚，而今天看到的孩子们则毫无笑容，这种强烈的对比让美野里受到了小小的打击。

今天的活动是访问孤儿院，从住宿的街道朝与小学相反的方向行驶四十分钟即可到达。周围零零星星地坐落着民居和商店，贴着彩色瓷砖的围墙环绕着孤儿院。走进大门，映入眼帘的是鲜花烂漫的中庭，还有一座比昨天看到的小学的建筑还要大得多的两层楼。在事务室里，院长和工作人员互致了问候。从第一天开始就陪同他们活动的当地工作人员把院长的话翻译成英语，再由敏子翻译成日语转达给志愿者们。

在这里生活的孩子有五十六名，年龄从两岁到十六岁不等。其中有被抛弃的孤儿，有父母去了加德满都打工的留守儿童和被救助的流浪儿童，他们在这里共同生活并接受适龄教育。到了十六岁，他们就可以根据个人意愿去有协作关系的职业教育中心继续学习。据说，在这里也要举行欢迎仪式。志愿者们在院长的陪同下经过走廊，进入大教室，孩子们都坐在铺着地毯的室内。墙壁上贴着"WELCOME"（欢迎）的剪纸字样，还密密匝匝地贴着孩子们的绘画作品和某些标语。有几个孩子跑过来，抱住了敏子和泽和彦。泽和彦曾说他上次来尼泊尔研学旅行是在两年前，孩子们居然还记得他，这令美野里感到非常惊讶。

在这里与在小学时一样，先是大人们讲话，然后是孩子们唱歌跳舞。有的孩子还在蹒跚学步，有的孩子目不转睛地注视着美野里他们。虽然他们都比小学的孩子们老实安静，但当目光相遇时，也会羞怯地低下头笑。美野里注意到有个女孩儿脸上没有笑容。

当女孩儿们表演合唱时，她只是微微张嘴，却并没有唱歌，脸上也毫无表情。表演结束后，回到原先的位置侧坐着的她依然呆呆地盯着自己脚下，既不抬头，也不看其他孩子唱歌跳舞。最后孩子们全体起立唱歌，这时她依然低着头没唱歌。

在给每个孩子分发援助物资时，美野里瞅着来领东西的那个女孩儿做了个鬼脸。但是，那个女孩儿把脸扭开，接过装有援助物资的手提袋，然后就逃也似的躲到教室的角落里去了。

在食堂和孩子们一同吃午饭时，午休时间在中庭一同玩耍时，美野里的视线都一直追随着那个女孩儿。

看样子她有五六岁，头发在脑后扎成一束，身穿纯色T恤衫和黄色长裤，一直低着头，脸上毫无表情。或许因为她总是这样，所以大家早已见怪不怪，其他孩子也不找她搭话。

在中庭里，有一大群孩子在缠着志愿者们玩游戏，有的在玩猜拳，有的在玩木头人游戏，有的高兴地跑来跑去玩足球或羽毛球。美野里身边也缠着几个幼儿，他们拉着她的手不放，还紧紧地贴着她。在端着硕大相机的翔太面前，想照相的孩子们排着长队。那个没有笑容的女孩儿坐在树荫下，一直低头看着自己脚下。有几个志愿者注意到了，就向她打招呼，可她还是不抬头。

趁其他孩子都离开的空当，美野里走近那个女孩儿，用刚学来的尼泊尔语问她叫什么名字，可那女孩儿还是不抬头。美野里把拇指、中指和无名指捏在一起，说"嗷嗷嗷"，可她忽然想到尼泊尔也许没有狐狸，就改用双手手指做出小狗形状，嘴里说着"汪汪汪"。那女孩儿刚一抬头，就立刻低下。美野里想到可能她看不到具体的形象就猜不到是什么动物,于是捡起一根落在附近的树枝,在女孩儿能看到的地面上画出动漫角色的轮廓。

"知道吗,这个?"美野里用日语问道。

女孩儿没反应。

美野里又在旁边画了狗的轮廓:"汪汪,这是小狗呀!"

女孩儿还是没反应。孩子们过来拍拍美野里的肩头并摇摇头。美野里没去管,随即又画了猫的轮廓。"喵——喵——"美野里瞅着女孩儿的脸学猫叫,那女孩儿忽然面孔扭曲,无声地哭了起来。

"啊?对不起。"美野里赶紧道歉,"对不起,害怕了吗?对不起!"

其他孩子让美野里站起来并拽着她的双手,美野里回头望着哭泣的女孩儿,被孩子们拉走了。

晚上开会时,美野里提到了那个女孩儿,敏子向当地工作人员转述后,说道:"各种情况的孩子都有。"

当地工作人员用英语向敏子讲了几句。

"据说，那女孩儿是三个月前才来的，是在贩卖人口的现场被保护起来的。"敏子做了翻译，"孤儿院里还有心理辅导，虽然近期可能做不到，但下次见面时她一定会开心地笑起来的！其他还注意到了什么或想做什么，就请举手发言。如果没有的话，我对明天的日程做个说明。"

贩卖人口是指被亲生父母卖掉吗？虽说这里也有心理辅导，可那种体验所造成的伤害能有治愈的一天吗？美野里虽曾听说过贩卖人口这个词语，但是当这种事情就发生在自己身边时，她还是大为震惊。她开始飞速思考，但无论怎样想也得不出满意的结论。在回国之前让那个女孩儿展现笑容很难做到吗？美野里的心情越来越沉重。

会议结束后，美野里离开住处去买水，宫原玲也跟了出来。这里虽然白天阳光强烈，但夜晚只穿运动衣还是会感觉凉飕飕的。夜色黏稠而浓重，两人无由地默默前行。广场周围的饮食店和小吃摊大部分已打烊，但仍有几家杂货店和食堂挑着灯泡在营业。街上几乎没有行人，流浪狗翻着肚皮在睡觉。她们在类似于日本的售货亭的那种狭窄的杂货店里买了矿泉水，刚要返回住处时，宫原玲停下了脚步。

"美野里，那家奶茶店还开着呢！咱们去喝点儿吧？"

虽说是奶茶店，但其实只是用木柱支撑着薄铁皮顶的小吃摊，棚顶吊着的灯泡发出亮光。棚顶下排列着三个近似日本的"七厘炭炉"的那种蜂窝煤炉，上面的水壶升腾着热气。没有餐桌，旁边随意地摆着澡堂里常见的小塑料椅。宫原玲用英语说了声"来杯奶茶"，就坐在了椅子上。刚才一直蹲在炉前的中年男子面无表情地站起来。不知是他的儿子还是孙子，一个四五岁的男孩儿同样面无表情地端来了装有奶茶的塑料杯。美野里把嘴贴在裂了缝的杯沿儿上，热腾腾的奶茶甘甜味美。

"昨天在小学时，我让会英语的老师帮着翻译，问孩子们将来想从事什么工作。"宫原玲双手捧着奶茶杯说道，"结果他们都回答说想当老师。我问了二十多个孩子，他们都说想当老师。"

美野里当时一直在逗孩子们笑，不知道宫原玲向那么多孩子提问过。她刚想问宫原玲为什么要提这个问题，宫原玲继续说道："我以为孩子们都非常喜欢和向往老师这个职业，可今天去了孤儿院才发现，哦，不是那样。那所小学的那些孩子们只知道老师这个职业，对吧？他们根本就不知道还有其他职业！例如那个孩子……"

宫原玲望着在稍稍离开奶茶摊摊主的位置清洗水桶里的塑料杯的男孩儿，也就是刚才端来奶茶的那个面无表情的男孩儿，说道："如果问他将来想当什么，那孩子恐怕连当老师都答不出来。因为他肯定没上过学呀！"宫原玲像是自言自语似的说道。

美野里心中受到了小小的打击，因为她从未那样想过。她曾以为那些孩子天真烂漫，就是爱笑，而今天有个曾被贩卖的女孩儿一直没有笑容，令她挂心。她曾以为仅此而已。

"你在孤儿院里时也问过孩子们将来的梦想了吗？"

"小学里的孩子全都回答想当老师，让我困惑不已，就想到或许那样问太冒失了，所以在孤儿院里没敢问。每个孩子的经历不同，所以'将来'这个词也许会和心理阴影相联系，不是吗？刚才那个被贩卖过的女孩儿也许还会害怕长大。所以呢，我先征得孤儿院老师们的同意，然后才向合适的孩子们提问他们怎么会到这里来。"

"那些孩子回答你了吗？"

"嗯，都回答了。因为什么离开了父母，怎样来的，什么时候来的。另外，本来我并没有问，但有个孩子说他将来要当警察，这是因为他曾得到过警察的救助。"

美野里听了，心想：宫原玲的意思可能是，这个回答与因为只知道老师这个职业，所以只有当老师的梦想的孩子们相同。但是，宫原玲的话却使她感到意外。

"我听了那些之后想到，他们说的都不是真心话。"

"啊？怎么会？大家都回答得好好的，你却认为都是假话？为什么呢？"

"恐怕是因为不能说真话吧。那是很自然的嘛！如果换作我，也不能对这两天初次见面的外国人说自己是在几岁时被父母遗弃的吧。说不定，就连自己是不是被父母遗弃的都还没得到确认。"宫原玲望着没有行人的街道喃喃自语。

"但是，那样的话，我们来这里还有意义吗？我们来这里，其实只是为了做虚假的对话，为了知道他们将来的梦想整齐划一。玲想说的就是这个吗？"美野里问道。

美野里并非不明白宫原玲说的话，可她还是因为把孩子惹哭了而心神不安，所以觉得宫原玲的话过于负面。

"不是什么意义不意义的！"宫原玲突然放大了嗓门，美野里吓了一跳，眼睛余光发现坐在椅子上看杂志的摊主也朝这边瞟了一眼。

"嗯，是的，如果被问到对我们来说是否有意义，我认为也可以说是没有。我现在才意识到，我们来这儿既不是为了救助那些孩子们，也不是为了来听他们讲故事。"

"可我们不是来帮助他们修建学校和分发援助物资的吗?"

"那倒也是。不过,我们既没有从根本上救助那些孩子,也无法从根本上救助他们。在小学时我就在想:孩子们为什么会那样笑个不停呢?仅仅说了一句'谢谢',他们就笑得满地打滚。这个吧,是不是因为他们没有接受过其他任何外界刺激,是不是因为没有什么乐趣。所以,对于那些孩子来说,我们也许就像在演搞笑节目吧。不,这倒不是说我们是来搞笑的,而是说对于他们来讲,就像是来了稀奇玩意儿,要是不看热闹就太亏了。就是这种感觉,不对吗?但我觉得,这样不也可以吗?我既不是为了救助他人,也不是为了做好事而来,而是为了知道真相而来。与此无关,那些孩子们感觉好玩儿就使劲地笑,我们能逗他们痛快地笑就算是赚了。这样不也挺好的吗?"

宫原玲娓娓道来,可以理解她是因为领悟到了什么而兴奋不已。大概是她以前曾说过对装好人有抵触,而现在得到自己想要的解释了吧。小杯子里的奶茶早已喝完，美野里瞥了一眼洗杯子的男孩儿，对宫原玲说："该回去了。"这里没有别的顾客，所以她俩走后也许主人就会收摊，这孩子也就能回家了。

她们付给摊主不到五十日元的奶茶钱，向依然面无表情的男孩儿说了"谢谢"后，就向住所走去。

"你这话跟上次在夏令营说的话有关吧？跟泽和彦说你的话有关吧？"美野里走在夜色浓重的路上，直率地问道。

"嗯，就像泽和彦指出的那样，我以为做这种活动的人必须是好人。不过，因为我不是好人，所以感觉很别扭。但是，我来到这里后发现自己并不是想做好事，而是想知道全体孩子的梦想都一样是怎么回事儿，为何存在着不能说真话的状况。对了，对了，我想起来了，我就是因为想了解未知的事情才选择了这个社团。"宫原玲边走边情绪激动地倾吐心声。

"那跟你以前说的想当记者有关吧？玲，你想知道什么呀？"美野里端起凝满水珠的塑料瓶喝了一口，问道。宫原玲忽然站住，从正面看着美野里，狠狠地扭曲面孔。

"我想知道还有自己所不知道的事情。"宫原玲用力地挤出这句话，"抱歉！越来越不明白了，是吧？不过，美野里，我能来这里真是太好了。"宫原玲态度认真地说道。

"嗯，我也这样想。"美野里也凝视着宫原玲的眼睛说道。但是，她仍不清楚宫原玲异常兴奋的原因，而且把那女孩儿惹哭所带来的打击尚未消失。她一边跟上前行的宫原玲的脚步，一边回头望去，虽然已经没有顾客了，可奶茶摊的电灯泡依然孤零零地在黑暗中发光。

美野里那天在建筑工地劳动到腰酸腿疼，后来又和小学的孩子们进行了躲避球比赛，还访问了孤儿院，但到她即将返回加德满都时，校舍还远远没有建成。

在工地上干活儿的村里人对美野里他们即将离去感到很失落，给每个人赠送了据说是由大家共同制作的祈福手绳。

孩子们带来了第一天分发的笔记本和折纸，恳求全体志愿者签名。志愿者们依次与老师们拥抱，相互道别。年轻女教师哭了，有些孩子看到后笑了，也有孩子跟着哭了起来。志愿者们一边说"还要来，还要来"，一边上车。汽车开动后，孩子们在后边追着跑。

最后一天预定从小学转道孤儿院，在那里一起吃午餐。其后举行解散仪式，随即前往加德满都，安排在那里进行短暂的观光游览。

美野里她们分工将准备好的食材搬下车，烹饪组借用厨房做饭，清扫组清扫中庭并铺上塑料膜，幼托组负责照看学龄前儿童。美野里被分在烹饪组，跟泽和彦学长等人一起用带来的铝制托盘制作炒面，还借来煮锅制作味噌汤。食材都已预先备好，只需加热即可。不知从哪间教室传来孩子们朗朗的读书声。

在清扫组准备的桌上摆好饭菜后，下了课的孩子们跑了过来。他们端着分发的纸碟和自己的杯子排好队，美野里她们就开始为他们分盛饭菜。

市子基本记住了孩子们的名字，在分发从商店购置的果汁时，都能准确地叫出来。据说，她在第一天就问过孩子们的名字，并记录了相应的特征。而且，市子好像还记住了几个尼泊尔语单词，已经能和孩子们进行简单的对话。美野里被那种情景吸引而分神，盛好的味噌汤从杯中洒到了手上。

"好烫！"

美野里不禁惊叫一声，孩子们齐声大笑起来，还有的孩子学着喊"好烫"。美野里也笑着抬起头来说："好烦人哪！"只见排在后面的那个一直没笑容的女孩儿背过脸去了。美野里看到她脸上有微笑绽开，在心中惊呼：哇，她笑了！就因为这个？是因为这个笑了吗？

美野里把盛好味噌汤的杯子递给前面的孩子，随即接过后边孩子的空杯。虽然觉得太老套，但还是喊着"好烫"并做出洒在手上的样子跳起来。孩子们发出怪声，跳着笑了起来，那个女孩儿也背过脸去咧嘴笑了。

美野里高兴极了，每次盛汤都皱着脸说"好烫"并笑着跳起来。那个女孩儿来到她面前,依然低着头递来杯子。美野里接过杯子,更加夸张地皱着脸,用更夸张的动作跳起来说:"哇,好烫!"。

"多田,别闹了,好好做事儿!"正在分发炒面的泽和彦斥责道。美野里不禁缩缩肩膀低下头。她瞥了一眼那个女孩儿,看到她低着头,真的在笑。

餐后收拾完毕,院长和当地工作人员讲了话,志愿者们和列队的孩子们依次握手并走出中庭。那个没笑容的女孩儿一直低着头,任由志愿者们跟她握手。美野里来到她面前蹲下,用手指做出狐狸嘴的轮廓,用尼泊尔语一张一合地说:"你、叫、什、么、名、字?"

女孩儿虽然仍没抬头,但小声地回答说:"萨吉娜。"

"萨吉娜,下次见!"美野里拍拍萨吉娜的肩膀,握住她的手。萨吉娜一动不动,她的小手很温暖,指甲缝被泥土弄脏了。美野里双手用力地握住她的手。

在这里和在小学时一样,孩子们都跑出来,追着汽车挥手。美野里她们也从车窗探出身体,不停地挥手,透过尘烟可以看到,在奔跑的孩子们身后,远处的萨吉娜正抬眼望着汽车。

在研学旅行之后,美野里迷上了社团活动。初次海外旅行给她留下了强烈的印象,她不会忘记与村民们的交流,与爱笑的孩子们缩短距离的感觉,以及无论多么微小,但仍为别人做出了有益之事的切身感受。在像奖赏般附带的短暂的观光时间里,他们游览的杜巴(皇宫)广场、库玛丽庙、博达哈大佛塔,以及从对岸看到的帕斯帕提纳神庙和露天火葬场,都让美野里感到惊讶和震撼。随着回国后时间一天天过去,色彩浓厚地浮现在记忆中的不是观光胜地,而是一穷二白的村庄和那里的孩子们。

"麦之会"有个惯例,在每年的春假,会根据当地的政局和治安等状况,访问尼泊尔、柬埔寨、老挝等不同的援助国家。美野里虽然也知道这一点,但在年末的会议上却十分少见地举了手。她颇有气势地发表提案,希望改为可选择制,把每年访问一国改为有意者可以去所有的援助对象国，因为她只是单纯地想再次去尼泊尔。那所小学建得怎么样了？那时友好相处过的孩子们都还好吗？还有，萨吉娜是否笑口常开了呢？美野里实在等不到后年甚至三年以后了。但是，她的提案被否决了。

"因为另有单人成行的志愿者旅行。在上次为我们当领队的津田山敏子所在的团体中，也有定期去尼泊尔的活动，只要个人提出申请，就能带你去！"泽和彦告诉美野里。

在研学旅行过程中，翔太就像随队摄影师一样，一直担任拍照的工作。回国后，他在自己所在大学的公用设施处借了一个房间，举办了幻灯片放映会。参加过活动的各校志愿者和没参加过但感兴趣的社团成员聚集到此，观看了放映会。翔太把灯光调暗，用电脑在代替银幕的白墙上投映照片。大家有的坐在折叠椅上，有的坐在地板上，以自己喜欢的方式轻松观看。

用单反相机拍摄的照片确实与美野里拍的纪念照不同，色彩格外鲜明艳丽。

成群的山羊，横卧的小狗，绵延至远方的山脊线，身穿蓝衬衫的孩子们。"啊，纳兰！""这孩子歌儿唱得很好啊！""斯里嘉娜老师，我喜欢她！""这个饭，真的很好吃！""客栈里的厕所是手动冲水的啦！"现场议论声渐起，笑声回荡。接下来是在孤儿院拍的照片，带着笑脸、做着滑稽表情、相互搂着肩膀的孩子们，和他们交谈的社团志愿者们。美野里用手指做出狐狸模样注视着独坐角落的萨吉娜，这个情景也被翔太收入了镜头。美野里望着墙上映出的自己的巨大照片，深感意外。

去年，即一九九九年底，美野里同翔太、宫原玲一起看过战地摄影师题材的电影。然后，他们在居酒屋里热烈议论至天亮。因为那部影片是以战争旋涡中的柬埔寨为舞台的，所以他们还谈到了纪实摄影的话题。宫原玲曾提出过这样的问题："如果眼前有人流血倒下，你是救他，还是拍摄？"这是因为影片中穿插了很多战地记者实际拍摄的战场照片，都具有极强的冲击力。在双方互相射击并倒下的战场，摄影师对他们进行抵近拍摄。美野里看到连续摁下快门的摄影师的身影，深受震动，恐惧地想：这就是战地摄影记者吗？此前希望当记者的宫原玲也会产生某种想法吧。

翔太说："如果是我就拍摄。"

宫原玲说："如果是我就抢救伤者或叫人来抢救伤者。"

然后，他们追加了啤酒，边吃炸鸡块和炸薯条边讨论。

翔太说："可以通过拍摄照片让社会了解有很多人被杀害的现状，从而拯救更多人，所以要拍摄照片。"

宫原玲说："可那不是见死不救吗？我虽然心里清楚把照片卖给通讯社的价钱与画面的残酷程度成正比，但我还是不愿意。"

翔太说："那就是纪实摄影师的工作，如果不卖照片就赚不了钱，取材也无法持续进行。"

宫原玲问："那翔太是不是会因为八卦新闻能卖高价就去拍呢？"

翔太回答："如果只剩那种工作就得去拍，挣了钱再拍自己想拍的东西。"

"翔太说的终究还是'战争'狂嘛！对即将在自己眼前死去的人坐视不管。我的想法是能救一个是一个。"宫原玲说道。

"拍摄战场的真实情况，就是摄影师的工作吧。"翔太说道。

美野里听着两人逐渐升温的争论，很羡慕他们能那样热烈地交谈。同时，她也不太明白两人争论的焦点是什么。因为从目前的情况来看，翔太并不是战地摄影师，宫原玲也不是战地记者。他俩争论的并非自己想怎么做，而是影片里摄影师们热衷于拍摄行将死去之人的这种做法是否正确。美野里不明白他俩为什么会把关于此事的不同观点当作自己的坚定信念来讲。

"美野里是怎么想的啊？"宫原玲与其说是在征求意见，不如说是在照顾没有加入交谈的美野里。而美野里本想说说刚刚思考过的问题，但还没能组织好语言来表达。

"我本来就不想去战场。"美野里答道。

"你说什么呀？"

"根本就不是那么回事儿嘛！"

两人惊诧地笑了。

忆起这段对话，美野里对翔太会拍摄自己和那女孩儿在孤儿院角落里交流这种不起眼的景象感到意外，她原以为翔太是个着眼于更富有冲击力的画面的人。以那次旅行来讲，像没有照明设备的拥挤教室、孤儿院的婴幼儿等，他似乎应该拍摄这种强调贫困现状的照片。

"关于照片，往常都是从大家拍摄的照片当中选好的冲洗出来，寄给孩子们，而今年可以都用翔太拍的！"放映会结束时市子说道。

"不搞冲洗，搞照片书的话，有没有便宜的？因为照片特别好嘛！"泽和彦说道，"他这一年都没干活儿，但净练拍照也很值，比以前有长进了呢！"

"这是在挖苦我吗？"翔太虽然嘴上这样说，但看上去特别高兴。

"今年的招新宣传单也可以用翔太拍的照片！"在泽和彦毕业后即将成为新代表的神田宽美说道。

"嗯。看这意思，我是专属摄影师啦？"翔太腼腆地笑了。

放映会结束后，美野里和大家一起前往居酒屋。

"请把我在孤儿院里的照片给我。"美野里向翔太说道。

"只要那一张吗？"

美野里点点头补充道："翔太拍的照片意外地温馨呀！我以为你会拍更富冲击力的照片呢！"

"面对那么悠然自得的村庄和开朗爱笑的孩子们，叫我怎么拍更富冲击力的照片呀？"翔太笑了。

当看到照片上露出笑容的少女时，美野里理解了宫原玲说的"能救一个是一个"这句话。她虽然想这样告诉走在身边的翔太，但还是没能说出来。

"开朗爱笑的孩子们。"美野里在心中重复着翔太说过的话。因为缺少其他外界刺激才大笑不止的孩子们，此前一直毫无笑容的女孩儿终于微笑了的瞬间……，美野里心想：我们在同一地点看到了完全不同的情景。她觉得：在战场上是应该抢救中弹倒下的人，还是应该拍照片，还是应该奔赴战场，大家距看过电影并热议这些话题的那个时候，已经走了好远。

到了四月，"麦之会"的四年级生有的毕业就职，有的考上了研究生。美野里升至大二，她开始忙着在自己学校和别的大学奔走招新；而市子在四月中旬按照此前的宣言离开了学生会馆，搬到了位于三鹰市的简易公寓。

美野里去市子的新居玩，非常羡慕这种可以毫无顾忌地招待任何人的单身生活，自己也开始为搬离学生会馆而全力打工。刚从尼泊尔回来时，她发疯似的想要再去一次，并决定向津田山敏子申请在黄金周和暑假参加国际非政府组织的活动。但是，由于兼职打工和社团活动太忙，这个决定也就渐渐被淡忘了。

新生入校后，会举行迎新联谊会，还有学童托管班，与儿童福利院的孩子们交流，访问老年人照护中心，参加集会等活动。美野里去年不了解情况，参加了绝大多数活动，而现在她渐渐明确了自己想做的事情。觉得自己比较擅长活动的策划准备工作，事务工作，筹集、整理并寄送援助物资等这类后勤工作。比起直接同孩子们做游戏，她更喜欢思考什么样的游戏、怎样的策划能引起孩子们的兴趣。自己设计的游戏方案被采纳，由大家商讨之后确定细则并实际同孩子们进行尝试，看到孩子们非常兴奋的样子，美野里高兴得热泪盈眶。

在研学旅行之后仍未退出社团的宫原玲与她此前所说的相反，特别积极地参加活动，与孩子们进行交流。不仅如此，她在活动后还会根据活动内容、体验和参加者的感言等写文章。她用文字处理机打印材料，再复印并订成小册子，然后分发给社团成员。因为这比以往事务性活动的记录易读易懂，所以曾有多人呼吁制作"麦之会"的网站并将文章发表在上面。可是，由于成员中无人能熟练使用从几年前就已开始普及的电脑，所以终究未能完成网站主页的制作。

宫原玲所写的报告都是客观描述，但在每回的最后都有一个信笔写成的栏目，由虚构的人物讲述参加活动后的感想，美野里每次都非常期待读到这部分。讲述者作为假想的活动参加者之一，身份有时是小学生，有时是八十多岁的男性，而且每期都会改名换姓，如"玲丸""虎玲""玲五郎"等。他们的感想内容如下：有些领导讲话过长，令人几乎晕厥；因害怕在大庭广众之中讲话，所以被点名发言时感到痛苦；分发的糖果意外地好吃。这些琐碎小事令读者感到真像是实际参加者的感想。这个小栏目虽然在社团内部经常遭到无视，但社团偶尔也会根据这位虚构的"玲某"的意见做出提案，针对活动和访问的实际内容进行根本性的重新认识。

美野里想起宫原玲在尼泊尔的奶茶摊上热切地直抒胸臆，意识到宫原玲已找到社团活动与其自身的未来的具体接点，并对此率真地感到羡慕不已。

美野里搬出学生会馆是在二〇〇〇年的暑假，即夏令营结束之后。迁居所需费用仅靠打工攒的钱还不够，美野里就恳求父母帮她补足了缺额。她之所以无论如何都要搬出只住了一年半的学生会馆，是因为喜欢上了一个人，想招待异性来自己的房间。

美野里迁居到了从国立站步行需要七分钟的一栋木结构公寓的二楼，有一个六铺席大的和室和一个两铺席大的厨房，还有一个一体式卫浴间。由于学生会馆的房间本身配有家具家电，所以迁出时需要自己准备冰箱和洗衣机等。冰箱和洗衣机是学长转让的，照明器具和矮桌是在二手货商店买的。虽然无力购买床铺，但至少被褥要换新品。

虽然从窗口看到的天空比从学生会馆看到的更小了，但美野里搬进新居后依然乐不可支。这里既没有限制门禁时间，也没有严格规定，公寓与学生会馆的房间相比，有种完全不同的解放感。她去向邻居打招呼，但无论是在节假日里还是在工作日不太晚的时间去，都无人在家，于是便作罢了。听说在东京，不知道隔壁的邻居长什么样是常见的事，发现果然如此后，美野里心里甚至产生了小小的感动。

宫原玲先于美野里暗恋的对象来访了她的新居。她们在国立站碰头，去便利店买了点心和酒类，然后美野里带宫原玲回到公寓。美野里做好沙拉和意面，把宫原玲带来的烤牛肉和西式泡菜分盛在盘里，摆在矮桌上。

"恭喜乔迁！"宫原玲用罐装啤酒跟美野里干杯，"真不错呀，单身生活！"宫原玲反复说道。

"还是老家在东京好啊！在家里住还是出来单住，可以选择吧？"

"不可以啊！就是想单住也得不到资助嘛！"宫原玲小口啜饮啤酒，说道。

"其实我很羡慕玲的富足！这次独自旅行怎么样？"

在夏令营之后，当美野里为搬家忙得不可开交时，宫原玲去土耳其旅行了八天。

"哦，对了，这是带给你的特产。"宫原玲从身边的背包里拿出塑料袋。美野里道谢后接过来，取出里面的东西，是精美的盒装巧克力和香草茶。

"我这是穷游，根本没法儿奢侈！吃饭大都在熟食店和小吃摊，餐厅只去过几次。"

"怎么会是土耳其？"美野里边吃边问道。

宫原玲摆弄着罐装啤酒，说道："'麦之会'去的主要是亚洲国家，对吧？我想，在大学时代应该去更多的地方看看。原先的目标是欧洲，但是后来又想，不如就先去从东方进西方的入口——土耳其看看。"

"哦？是入口吗？土耳其有什么来着？我只知道土耳其冰激凌。"

"土耳其冰激凌，就是在日本的冰激凌秀上看到的那种，我在城市里没看到啊……。其实，我也没怎么游览！既没去卡帕多西亚，也没去棉花堡，但还是去了蓝色清真寺和大巴扎集市。"

"不游览，干什么啦？"

"我在伊斯坦布尔和一个孩子成了朋友。当时街道上跑着有轨电车，我呆头呆脑的，差点儿被撞到，是那孩子救了我。我和那孩子一起喝茶，还叫他带我去小吃摊。"宫原玲说到这里，终于开始动筷子，"那孩子虽然住在土耳其，但据说原先是住在伊拉克的库尔德人。我以前都没听说过库尔德人。那孩子的话有点儿难懂，而且因为用英语交谈时有很多不明白的地方，所以我想还得好好学习，就回来啦……"宫原玲停下，把空罐捏扁。美野里起身从冰箱里拿来罐装啤酒，返回原先的位置。

"据说土耳其人比较亲近日本人，我也确实得到了很多热心人的帮助。不过，当我和那孩子在一起时，怎么说呢，可以说是受到了刁难吧。嗯，那边好像有针对库尔德人的歧视心理呢。这对我是超过一切的打击，令我无法忘记。也许在尼泊尔和我高中时去过的国家也有歧视现象，但像这回这样直接感受到歧视，还是第一次。我在心里打了一个大大的问号。"

"啊？所谓歧视，是指在现实中会受到什么样的对待？你说的那个孩子几岁了？"美野里对土耳其连基本的认识都没有，也没听说过库尔德这个名称，更没考虑过歧视这个问题。

"他说自己十七岁了，但看上去像个大人！他说他去售货亭时会遭到无视，对方不卖给他东西，他没做坏事却会遭到警察的盘问。我去曼谷研学旅行时，也曾因为那边的人不讲英语被推迟办事，可从没见过那种露骨的歧视，所以非常气愤……。哎，怎么啦？"宫原玲忽然抬头问美野里，"抱歉，我一个人说得太多了。"

"你非常气愤，然后呢？"

"我自己去售货亭买东西时，卖家就用日语对我说'谢谢'！所以我忍不住问卖家：'刚才你没理睬那孩子吧，为什么？'可对方却只是回应：'啊？我不知道你在说什么。别处也是这种情况。'那孩子说这些都是常事，他早都习惯了。"

宫原玲讲到这里打住，房间里恢复了平静，隔壁房间今天仍听不到什么响动。同时，替代书架的收纳箱，摆着凉饭凉菜和空罐的矮桌，只开了一条缝的窗户……，窄憋的房间迫近眼前。美野里发现，这些东西在宫原玲讲述时都退到远处，自己仿佛身处陌生的异国之地。

"玲好厉害呀！独自去外国，交朋友，向搞歧视的人抗议……。可我在这个暑假里只顾打工挣钱和搬家了。"美野里终于发牢骚似的说道。

宫原玲先是沉默片刻，用手指擦着啤酒罐表面的水珠。然后，她忽然正面注视着美野里，开了口。

"如果你听到别人这样说，不会感到是在敷衍吗？"

"啊？什么？"美野里不解其意地问道。

宫原玲把视线从美野里的脸上移开，在房间各处游移片刻。

"你不会笑我吧？"宫原玲确认之后开始快速讲述，"我都是从泽和彦那里现学现卖的！因为'麦之会'的活动去的主要是亚洲，所以我想在大学时代应该去更多的地方看看，而欧洲必须有长假才能遍访。可我不知道去欧洲哪里好，而且有点儿害怕，于是选择了土耳其。仅此而已。像歧视现象和库尔德人的情况我也根本不了解。"

"泽和彦？他不是已经毕业了吗？哦，会不会……"美野里突然想到，虽然自己无从得知，但宫原玲与泽和彦可能关系亲密。

"不是啊，不是，那是在毕业生欢送会的时候！而且那不是向我，而是向大家讲的话，只是因为我就坐在近旁，听到了而已。"宫原玲慌忙像制止似的说道。

她把双肘支在矮桌上,十指交叉,托着下巴叽叽咕咕地说道:"泽和彦去欧洲各国旅行过,而且熟悉非洲七国,还写了关于非洲与日本的生死观的论文!他多次说过在非洲学到的东西极多。因此,我认定他毕业后会从事那方面的工作。像那种情况,都会去国际机构或青年海外协力队。"

美野里听宫原玲这样说,感到很意外。

泽和彦去年还是"麦之会"的代表,而美野里只是在社团集会和酒会时见过他几次,从未听他说过自己的旅行和非洲的情况。她意识到,虽然她觉得宫原玲对自己来说是比本校任何人都亲近的朋友,但其实自己也许对其了解得并不多。在初次见面时,宫原玲曾受到挖苦——有人说她可能是因为负责招新的泽和彦长得特别帅才加入"麦之会"的。当时以为只是开玩笑,但其实宫原玲好像是真心景慕泽和彦。

"可是,广播电台又是怎么回事儿?我虽然知道他已得到单位内定,但本来还以为他会拒绝并向非洲挺进,结果他却去了大牌广播电台,那不就成了平庸无奇的优秀大学生了吗？"

美野里注视着发牢骚的宫原玲，确认似的问道："你不会是在跟泽和彦交往吧？"

宫原玲使劲点了一下头。

"那，是因为他说应该去其他国家看看，你才独自去旅行的？"

美野里又问了一句，宫原玲又点了一下头。美野里终于忍俊不禁。

"怎么说呢，玲这个人……做事鲁莽？单纯？不，不是那种……"美野里在思索，但想不出贴切的形容词，"具有很强的行动力，对吧？"美野里终于想到这个词，嘟囔了一句，又笑了。

"不要笑！"宫原玲噘起嘴说道，"你老说我厉害、厉害，我觉得别扭才告诉你的。其实我只是尊敬泽和彦而已。"

"是这样啊！我以前认定玲和翔太感情好，不仅同在一所大学，而且谈得挺投机。"美野里想起，那次去新宿观影后，在居酒屋里两人讨论了那么长时间，就嘟囔了几句。

"为什么是翔太？就算同在一所大学，也是人多得很少能碰面。哦，这么说来，是美野里对翔太……"

"没有，没有，不可能的事。你说什么傻话?！"美野里慌忙摆摆双手。

"烦人！你脸都红了。"

"我喝多了嘛！哦，你吃冰激凌吗？"美野里胡乱地摞起盘子，起身送到洗碗池。

实际上，美野里真心想把远藤翔太邀请到自己单身居住的公寓房里来。虽然经常同宫原玲和翔太三人或社团伙伴多人一起去喝酒游玩，但还没有和翔太两人去过哪里。美野里曾经想：也许自己喜欢翔太与喜欢宫原玲同样是出于友情。但是，当她看到翔太在尼泊尔的孤儿院拍摄的自己和萨吉娜的照片时，就在友情之上增添了其他的情感。看到那张照片，美野里怦然心动。但是，当她看到见面时总是在热烈讨论的两人时，就以为翔太喜欢的不是自己，而是宫原玲。

"我觉得，'姆明'挺有意思的啊！"宫原玲转换了话题，美野里就松了一口气。"姆明"是名叫甲斐睦美的新生，在女子大学就读，经某位朋友的介绍，加入了"麦之会"。那位朋友在黄金周体验了与学童互动的活动，之后很快就退出了，而睦美还留在社团里。她身材娇小，总是难为情似的笑。本人做事极为认真，但由于说话做事都有点儿"天然呆"，所以总被学长们抓住逗乐儿打趣。

"睦美好像就住在这条铁路的沿线！是在哪里来着？"

"啊？把她叫来吧！现在几点了？还不到十点，可以吧？睦美有手机吗？"宫原玲欢快地说道。

"那我先打个电话碰碰运气吧。"美野里拿起了小灵通。

第二位来到美野里居住的公寓的人并不是她所暗恋的对象，而是外公清美。那是在十月下旬，与第一次相同，母亲给美野里的小灵通打来电话，说外公傍晚将到达东京。清美从机场打来电话，美野里向他说明了坐电车到国立站的换乘步骤,然后又去接站。

"今天碰巧是星期天,所以没有问题。不过,因为我星期天也会有社团活动,没准儿还会跟朋友外出,这种情况很多,所以最好提前通知我一下。外公该不会是突然想起来就来了吧?哦,听说我搬家的事了吧?外公今天可以住在我的房间里啦!"在站台上,美野里对背着双肩包、挂着拐杖的外公越说越起劲。

"什么呀,锵锵锵锵的?"外公再次困惑地笑了。

晚上,俩人在车站附近的家庭餐厅吃了饭。外公曾在哪所大学的哪个系就读,当时住在哪里,怀着何种心情离开故乡,这次来东京是不是为了和大学时代的朋友见面……,美野里想问的这些都在正月回老家时问过了。可当时外公敷衍打岔,看上去根本不想回答。

"算了,别问了。"正在看电视的外婆说道,"又不是什么愉快的回忆。"外婆盯着电视机嘟囔道,美野里只好缄口不语。所以,此时虽然与清美面对面,但也不能问他来东京有什么事、朋友是谁,依然只能讲自己的事情,例如夏令营和春假期间去过的尼泊尔。清美喝着啤酒，平静地边听边点头。

第二天是星期一，清美说过午有事要办。美野里和他简单地吃了早餐，把备用钥匙交给他，就去了学校。美野里差点儿跟清美说，要是自己跟心仪的对象相处亲密了，就会把这把钥匙交给他。当然，最终她什么都没说。

当天，美野里买了做晚饭用的食材和啤酒，然后回到了公寓。她先淘洗好大米，然后用烤架烤鱼，煮制味噌汤，把从预制菜店买来的煮菜盛在盘子里，等外公回来。可是，外公过了八点还没回来，她就自己先吃过饭，洗完澡，开始做课题。快到十一点钟了，外公还没回来。美野里虽然很担心，但就算给母亲打电话也没用。于是，就把外公的被褥也铺好，先睡下了。

深夜，美野里被什么人的啜泣声惊醒，本以为是一直没动静的邻居，但声音听起来却很近。她翻过身来，惊讶得几乎喘不过气，不知何时回来了的清美捂着被子在哭，虽然极力抑制，却还是漏出了呜咽声，被子也在抖动。

"外公！"美野里赶紧起来抓住被子摇晃。她转念又想，虽然听到的是哭声，但外公不可能哭，怕是发生了痉挛或什么病发作了。

"外公，累坏了吧？哪儿疼？去医院吗？叫救护车吗？"美野里从未见过父亲和外公哭的样子。

"哈啊啊啊啊啊啊……"美野里听到外公呼气的颤抖声，"什么呀，锵锵锵锵的？"清美窃窃私语似的闷声说道，接着变成了"呵呵呵呵呵"的嘶哑笑声。

"怎么了？不是生病了吗？睡糊涂啦？"

"行了，你快睡吧！我没事儿。"清美在被子里说道。

不知是在哭还是在笑，他又"呵呵呵呵呵"地漏出呼气声，不久就平静下来了。

可能因为不是在酒店而心情放松，清美住了五个晚上。周二和周三还是在下午去和什么人会面，九点过后回来。在返程回老家的前一天即周四，清美说要早些回到公寓，所以美野里下课后买了些预制菜回来。

外公正在喝啤酒看电视，美野里煮上米饭后，开始制作味噌汤，切好圆白菜丝，摆上买来的炸肉饼和炸竹荚鱼，打开电视机，两人对坐在矮桌旁吃饭。清美几次察看时间，到七点半就换了频道。美野里不经意间看了看电视画面，顿时吃了一惊：坐在轮椅上的人们正在打篮球。不，那是在打篮球吗？美野里凝视着电视画面仔细确认。坐在轮椅车上的人们进行激烈碰撞，弄得人仰车翻，尽管如此，却没有人放弃比赛。

"啊？这是什么？怎么回事儿？"美野里不禁嘟囔道。

这档节目好像是新闻选编，画面从篮球赛切换到了游泳比赛，女选手们正在仰泳，解说员介绍说日本选手游在最前面。美野里仍拿着筷子盯着电视看，画面从泳池切换到颁奖仪式，获得金牌的是日本选手，坐在轮椅上笑着接受采访。画面切换，一群人坐着一种从未见过的轮椅奔驰在跑道上，他们前屈上身，用双手转动车轮。那种轮椅比美野里见过的更小巧而尖长，就像是另一种机械。第一名的特写镜头出现，又是日本选手。

"这是什么？奥林匹克？"虽然对此不感兴趣的美野里没看过报道，但在学校和社团时大家都会谈论，所以她知道夏季在悉尼举行了奥运会，"那不是已经结束了吗？"

"残奥会。"清美仍看着电视画面说道，"那个叫残疾人奥林匹克运动会。"

"就是腿脚不便的人的运动会？"

"不只是腿脚不便的人，还有手臂伤残、有视障和有听障的人参赛。"

"哦？我才知道。现在正在进行呢！外公早就知道？"

"不知道。"清美停了一下说道，说完关掉电视机继续吃饭。

"要是外公早就知道的话，也许能参加呢！"美野里说道，"哦，不过，年龄有点儿那个吧。"美野里也重新拿起筷子，夹起炸肉饼送进嘴里。

"年龄有点儿那个啊！"清美说完，像漏气似的笑了。

二〇〇二年，研学旅行活动取消，原因是去年在美国发生的恐怖袭击事件。原定研学旅行的目的地是尼泊尔，虽然与恐怖袭击事件毫无关联，但由于这起前所未有的事件的来龙去脉尚未搞清，整个社会都人心惶惶，弥漫着海外旅行本身就很危险的气氛。在尼泊尔国内也发生了内战，据说虽然仍可接待游客，但有部分地区治安状况不好。在"麦之会"里，愿意参加的人少之又少，经协作方非政府组织和四年级学生们多次协商决定，二〇〇一年不是变更目的地，而是取消研学旅行。由于去年的目的地是柬埔寨，所以对于美野里来说，这将会是她自首次参加以来第二次去尼泊尔的机会。

美野里无论如何也难以放弃，自从社团决定暂停海外活动之后，她就开始与津田山敏子所在的非政府组织联系，恳求允许她同去加德满都。但不巧的是，据说他们目前正在尼泊尔的其他地区推进学校建设项目，而且在二〇〇二年上半年没有去那里的计划。加德满都有一名驻外工作人员，根据她的报告，加德满都治安稳定，受内战的影响也很小，如果美野里要去的话可以帮忙介绍。但因为诸事繁忙，所以不能像上次那样找车送她到村里。

美野里难以下定决心是否还要再次前往，犹犹豫豫，烦恼不已。只要询问加德满都的工作人员，对方就会介绍去那个村子的方法，还会介绍与别人合乘小巴或公交车的方法。但比起这些，最理想的就是能找到一个懂日语的人同行。倘若自己一个人去村里，用什么方式进行沟通呢？还能住在那家连酒店招牌都没有、像公民馆似的客栈里吗？而且，所谓内战，究竟状况如何呢？真的没有危险吗？她前思后想，渐渐地没了自信，觉得自己恐怕连那座村子都无法到达。在这三年间，美野里去异国旅行的方式只有研学旅行，既没自己订过机票，也没自己订过旅馆。

"去吧。"说这话的是宫原玲。当美野里告诉她自己正在犹豫去还是不去时，宫原玲立刻这样回答。

"去吧！我也去。不是说那边还在接待游客吗？我正考虑春假去哪里，如果美野里去尼泊尔的话，我也去。一起去嘛！"

于是，在二〇〇二年二月底，美野里启程前往尼泊尔。二年级的睦美也说想跟宫原玲同去，结果就成了三人行。她们像两年前那样在曼谷的机场换乘，于傍晚到达加德满都。走出机场后，她们在拥挤不堪的揽客者和游客中挤来挤去，挨个儿地跟吆喝着揽客的出租车司机讲价，然后跟着要价低的司机出发了。三人坐在后座上，车窗大开，宫原玲反复地告知司机酒店的名称。

在机场时，司机说到泰米尔区的客栈要三百尼泊尔卢比，可是到门口后，下车时却说要五百尼泊尔卢比。宫原玲提出抗议并与司机发生了争执，美野里看得胆战心惊，旁边的睦美突然双手捂脸啜泣起来。宫原玲和司机都吓了一跳，看着睦美，只见她的哭声越来越大，行人也都驻足观望。身材娇小的睦美抽抽搭搭地哭，倒像是司机在恐吓她。可能是觉得非常尴尬，司机接过宫原玲手中的三百尼泊尔卢比，赶紧开车走了。

睦美把手从脸上松开，咧嘴一笑："放下行李，去喝啤酒吧！"她说完就背上双肩包走进了客栈。

两年前在加德满都游览也是团体行动，住宿的地方也不是在市中心，所以遍布廉价小客栈和礼品店的泰米尔区让美野里感到很新奇。在出发前稍做调查后，她对尼泊尔政局现状的理解，也只是停留在其国内君主制与共和制的对立长期持续并逐渐激化这一点上。而现在走在游人如织的街道上，那些似乎都已被淡忘。

傍晚，三人夹在各国游客群中，走在尘土飞扬的街道上，时而调侃礼品店，时而瞧瞧小吃摊。在日落时分，她们终于进了饭馆，用啤酒干杯。这是一家小店，有五张餐桌，有当地居民在用餐，墙上贴着被积雪覆盖的峰峦的照片，装饰着五色的经幡。三人盯着带图片的菜单点餐。

此行计划待六天五晚，明天出发去村里，关于如何前往，已通过电子邮件与津田山敏子介绍的驻外人员了解过。此时，她们还未预订住宿的地方，是否住宿，如果住宿的话预计住几晚，她们打算到了村里再做决定。

"多亏了玲，我真的又来了。"美野里说道。

"多亏两位学姐，我才能来。"睦美说道。

"我也是多亏有大家才来了！不过，这样一说，就像旅行要结束了似的。"宫原玲说道。

点好的莫莫和达尔巴特饭被端上了桌。

"哇！好漂亮！"睦美欢呼起来。

"这次旅行，玲和睦美都没遭到父母的反对吗？"美野里边吃莫莫边问道。

"就因为纽约那事儿？我家倒没有。因为不管父母说什么我都不听，所以很久以前他们就放弃了。"

"我家里人也没说什么！这么说来，那以后不是还发生过炭疽杆菌事件吗？学校的朋友从美国网购了什么东西，包裹来了却不能打开，说可能有炭疽杆菌。不过，是谁要盯着日本东京的女大学生图谋不轨呢？不可思议。"

"这起事件到最后也没搞清楚是谁干的吧？"

"确实是这样啊！"

"可是，这次社团的研学旅行原计划去尼泊尔的村子，本来没有任何问题，却被取消了，这太奇怪了吧？要是因为尼泊尔发生了内战倒还能理解。而恐怖袭击事件本来是在美国发生的，可感觉就像发生在自己身上一样。"

"大概是因为电视上一直在报道，就会觉得像发生在身边的事吧？尼泊尔的事情就不会在电视上报道。"

"可是，国王被杀掉了呀，去年！"

"是王储杀的吧？报道上说，还有很多事情没搞清楚。"

"但是，这里根本没有那种不稳定的感觉嘛！"

有一群貌似来自欧美的旅行者进店，热热闹闹地入座并点了啤酒。美野里她们一时停止交谈，闷头吃饭。

"这么说来，翔太学长真厉害呀！"睦美像刚想起来似的说道。

去年夏天，远藤翔太没有参加社团组织的夏令营，而是利用暑假去纽约的外语学校做了短期留学。他计划一直逗留到后期课程开始之前的九月十三号回国。在十一号那天，当飞机撞上世贸中心大厦时，他具体在哪里不太清楚，但他拍摄到了混乱的街道的照片，其中有几张还被登在了周刊杂志上。

"一点儿都不厉害！只是碰巧在现场而已！"宫原玲似乎不感兴趣。

"不，我是说时机太巧啦！"睦美说，"哇！这个太辣了！请给我加瓶啤酒……"睦美拿起啤酒瓶，用日语向店员说道。

当发生世界性的重大事件时，自己恰好在场，这在翔太心中无疑极具震撼力。他回国后曾来社团参加过两三次活动，好像就是为了讲那方面的情况。从那以后，翔太就很少在社团活动和集会中露面了。

在清美来过之后，恰如单身生活的美野里所愿，翔太曾几次来访。两人几次外出喝酒，还去看了电影。美野里听他讲了短期留学的事情，也收到了他从留学所在地发来的邮件。虽然并没有相互明确地表示喜欢、愿意交往，但美野里觉得两人一起去喝过酒，翔太还来过自己房间，这种关系就可以说是在交往，今后还会更加亲近。但是，就像对待社团活动一样，回国后的翔太对美野里也似乎失去了兴趣和关心。他的手机总是无人接听，用电脑发邮件也是发三次回一次，内容都是"很忙"。在收到翔太说他已考虑退学的邮件之后，美野里也就不再和他联系了。

"翔太会退学吗？"

美野里没问过翔太近况如何，就向与翔太同校的宫原玲询问。

"这……会怎样呢？不过，既然说了要当摄影师，那就是进展顺利吧？"

"玲从以前就对翔太很苛刻呀！"

"可是，"宫原玲把杯中剩下的啤酒喝干，交替地看看美野里和睦美，"没有必要在加德满都的饭馆里说那个男人的事儿吧？"

"啊，我完全忘了这里是加德满都。"睦美说道。大家都笑了。

三人吃完饭，买过单，走出店门。小店已被当地人和游客坐满。

"有点儿冷啊。"睦美说着把带来的夹克衫穿上了。

由于这里是客栈密集的区域,饭馆、酒吧和礼品店都还开着并已亮起灯。但是,美野里觉得这里的夜色要比东京浓郁得多。自行车和摩托车在漫步的游客之间穿行而去,吸气时会感到有股尘土味。美野里忽然想到,尘土和雪的味道相近。

在客栈的双人间里加了床,三人同住一室,她们轮流淋浴,之后钻进被窝。窗户没有窗帘,可以望见夜空。

"美野里望着满天繁星说过像灰尘一样,是吧?"宫原玲在昏暗中问道。

"哇!学姐,你变成悲伤的成年人啦?"

"烦人。"

她们发出短促的笑声,片刻之后归于平静。

登载翔太所摄照片的周刊杂志不是翔太带来的,而是学长找到的。他在回国前两天遭遇事件,不知发生了什么,只是不顾一切地拍摄街道上的情景。翔太异常兴奋地讲述了这些经历，杂志上登载的照片拍摄者的名字也确实是翔太本人。大家看到照片时，都和睦美一样，说"好厉害呀"。

那些照片拍摄的并不是纽约双子塔燃烧坍塌的画面，而是相拥痛哭的人们，呆然伫立的人们，奔跑的消防队员的背影，等等。大家注视着学长拿来的杂志页面，美野里忽然抬头与宫原玲对视。从对方的表情可以看出，她们想到了同一件事。

两年前看过那场电影后，他们在居酒屋讨论有人倒下时是该救助还是该拍照，翔太说他会选择拍照。那大概是因为刚刚看过电影，而摄影记者在现实当中就是那样做的吧。翔太虽然说过原本就对摄影感兴趣，但并不等于他真想当摄影师，也不是对报道感兴趣。那只是作为观影感言的议论而已，只是议论作为影片主角的摄影师的做法是否正确而已。所以，美野里看到杂志上的照片后，首先想到的是那时的情景，而且觉得翔太在现场拍摄时也一定会想起在居酒屋的那个夜晚。

当天，在社团酒会之后，宫原玲和美野里一边朝车站走一边交谈，就像要确认刚才是否在考虑同一件事一样。

"翔太不是说过要当摄影师吗？"宫原玲说道。

"嗯……，可是呢，被杂志社采用并不是因为那些照片拍得特别棒，而是因为他是在偶然遭遇重大历史事件时拍摄的吧。"美野里说道。

宫原玲一言不发地与美野里并排前行。

"我不知这样能不能讲清楚，"宫原玲先开了个头，然后继续说道，"你要明白我并不是想贬低翔太！虽然偶然遭遇重大事件本身就很不得了了，但我有种极强的违和感……。坦白地讲，我不太清楚什么是恐怖袭击事件。虽然看了新闻后感觉像是明白了，可实际上还是不清楚。翔太也是这样吧。他说过不知发生了什么，只是不顾一切地拍照吧？什么都不明白却像拍摄名胜古迹一样拍照，然后送到杂志社，我就有点儿不理解。假如翔太以前认真想过要当摄影师并从事新闻报道工作的话，那我还多少能够理解。"

美野里完全明白宫原玲想说什么。翔太拍摄的照片虽被登在了杂志上，可她却做不到坦率地为之高兴。

"但是，感觉这事儿很难讲。"美野里嘟囔道，明明大家都说特别棒，而她们却说觉得不对劲，"恐怕会让别人觉得我们其实很羡慕翔太。"她接着说道。

关于照片和事件，她想和翔太、宫原玲再次忘掉时间，好好议论一番。但是，如果稍稍提到对翔太那些照片的疑问，似乎也会让翔太觉得她特别羡慕他。

片刻之后，响起了鼻息声，忆起往事的美野里也入睡了。

前往那座村子需要从公交车总站乘车，中途下车后，再换合乘小巴。她们先是找不到合乘小巴，然后又担心司机没听清她们下车的地点，最后等了两个小时才凑够了乘车人数。不过，正午过后，她们终于到达了村前的乘车点。美野里走下坡道，只是站在曾经见过的小广场上，就已经想哭了。

要想从这里到小学和孤儿院，除了去找愿意帮忙的车之外，只能步行前往。她们让停在乘车点的轻型卡车司机看了用尼泊尔语写的小学名称，用手比画着恳求让她们搭乘。可司机却露出疑惑的神色，发动汽车就开走了。

"是不是我们的表情过于拼命了呀？"睦美说道。

"走着去吧，也许半路上能碰到过路车。"宫原玲说道。

虽然阳光强烈，但好在气温并不太高，湿度也低，步行倒也算轻松舒适。她们向不时经过的汽车招手，但没有一辆停下来。"那是当然的啦！""谜一般的外国三人组挺可怕的嘛。"她们边说边走。远方能清晰地看到被积雪覆盖的峰峦，可怎么走也走不到跟前，那简直就像一道舞台布景。

她们走了三个小时，总算到了小学。自始至终在连绵起伏的未铺装的坡道上步行，虽已累得筋疲力尽，但看到貌似学校的建筑出现时，美野里情不自禁地跑了起来，宫原玲也跟着跑。

"不会吧？"睦美也笑着向前跑去。

上次以协助工程建设为名，美野里在此逗留了一个星期，却感到毫无进展，暗自以为到竣工恐怕得耗费五年时间，而现在那座小学就立在眼前。这是一座二层建筑，美野里她们帮忙垒砌的砖墙被刷成了浅黄色。以前用作教室的棚屋不见了，原址上已打好新的地基，两个中年男子坐在附近抽烟，那里肯定是要建成宿舍。

美野里想说"学校建成了"，可嗓音在颤抖，眼泪扑簌簌地往下掉。她自己也感到有些夸张，但就是止不住。

"你还哭起来了？真奇怪！咱们仅仅砌了两层砖嘛！"宫原玲说着，眼里也噙满了泪水。

有人从窗口看到了美野里她们，可能说了句什么，接着几扇窗户都露出孩子们的面孔。三人向那边挥手，孩子们也向这边挥手。过了片刻，一大群孩子从门里涌了出来，围着美野里她们吵吵嚷嚷。已经想不起上次来见过的孩子们的面容，美野里做了个鬼脸，孩子们还像以前那样放声大笑。老师们也出来了，三人中英语说得最好的宫原玲告诉老师们，她和美野里两年前曾经来过这里，这回是三人一起来看看孩子们。美野里想起来了,那个和宫原玲交谈的就是两年前洒泪道别的老师,三人由她带领着参观了教室。

"麦之会"也和津田山敏子所属的团体一起,定期向尼泊尔的学校提供援助,捐赠文具和必要的备用物品。社团在开会时,也曾报告说向尼泊尔某地的学校捐赠了课桌椅和白板,但美野里并未见到,就没有实际感受。因此,当她看到楼房里有规范分隔的房间,里面有桌椅和移动式白板和黑板,墙上贴着绘画和尼泊尔语字幅时,感动得连连惊呼"真棒,真棒"。

孩子们跟在后边到处转,也学她的样子互相笑着说"真棒,真棒"。老师从摆满捐赠书籍的架子上取出相册,让美野里看,这是用翔太拍摄的照片制作的照片书。与此同时,他们还寄送过社团成员的集体留言板,但因为没有回信,也不知是否收到了。这本照片书的四角已被磨损,封皮也翻卷起来了,他们一定是看了无数遍。

上次来时,高年级学生和低年级学生在一间没有隔断的教室里分开坐,而现在一楼和二楼共有八个房间,在教室外边还有男厕和女厕各两间。

参观结束，三人把作为礼品带来的糖果和仙贝饼干交给孩子们，孩子们向她们道谢。之后，三人离开了小学。像上次那样，孩子们来到路边，向美野里她们挥手，直到远得看不见，美野里她们也多次回头挥手。

归途中，在尚未看到街道灯光之前，夕阳就渐渐落山了，天空从橙黄变成粉红、淡紫、深蓝。美野里她们急忙赶路，但天很快就黑了。大家借着睦美带来的手电筒发出的微光，走在没有路灯的夜道上。虽然心里没底，有些害怕，但如果说出来，可能会更加恐惧，美野里就大声唱起高中时代常在卡拉 OK 厅里唱的 B'z 乐队的歌曲。她唱完后，睦美开始唱桑田佳佑的主打歌曲，宫原玲唱了孩子先生乐队的歌曲。然后，三人连续唱起动漫主题歌，想到哪首就唱哪首。当前方出现街道的稀疏灯光时，三人边唱"向前走，向前走"，边向前跑去。当她们到达乘车点时，竟上气不接下气地捧腹大笑起来。她们在还没打烊的饭店喝了啤酒，吃了达尔巴特饭。

"平安返回太好啦!"美野里说道。

"'三个臭皮匠,顶个诸葛亮'呀!"睦美表情认真地说道。

"感觉不是那个意思……。不过,三个臭皮匠凑一起,什么都不怕呢!"宫原玲说道,三人用啤酒干杯,互相看着对方,笑了起来。

她们住在上次住过的像公民馆似的客栈里,第二天一早就前往孤儿院,送去作为援助物资的点心和社团定期收集的旧衣服。今天的天气与昨天截然不同,天空阴沉沉的。徒步前行时,歌声自然而然脱口而出,三人又齐声唱着歌,走在尚未铺装的道路上。

她们在十一点前到达孤儿院。来到事务室时,两年前见过的院长先生对她们的突然来访毫不惊讶地表示了欢迎。事务室里没有开灯,有些昏暗,工作人员端来红茶,递给三人。像去小学时一样,宫原玲讲了再次来访的因由。她翻译着院长的话,告诉其他两人孩子们正在上课,到午休时再和她们见面,在此之前先带她们去婴幼儿的房间。大家点点头,在院长的带领下去了婴幼儿和学龄前儿童所在的房间。这里有十几名儿童和两名工作人员，有的孩子来到美野里她们身边，有的孩子站在远处观望。美野里想找出上次见过的那个孩子，但已经想不起来她的模样了。工作人员向美野里说了句什么，因为是尼泊尔语，所以理解得不太准确，可能是说"跟孩子们玩玩吧！"。虽说如此，但却不知道玩什么好。

与扭扭捏捏的美野里相反，睦美毫不犹豫地走到摆满玩具和书籍的柜子旁，抽出一本旧连环画大声说："我们来玩连环画剧吧！摇摆舞连环画剧开始啦！准备好了吗？"

她依然站着，翻开一页，做出奇妙的动作，用花腔唱了起来："有一天——森林里，熊、熊、熊——"孩子们呼啦一下聚拢到睦美面前，拍手欢笑，然后模仿睦美扭腰举拳的动作摇摆身体。当睦美发出近乎尖叫的声音唱歌时，有几个孩子还躺到了地板上，蹬着腿大笑不止。

"睦美变化好大……"宫原玲向美野里嘟囔了一

句，随即与睦美唱的歌错开节拍，发出吆喝声，还更加夸张地舞动肢体。美野里想起宫原玲曾经说过，只要能逗孩子们笑就是赚到了。她忽然发现只有自己呆呆地站着没有行动，然后慌忙取出相机，对着像是解除了禁锢，尽情欢笑和手舞足蹈的孩子们连续摁快门。

午餐时，院长先生向集合到食堂的孩子们介绍了美野里她们。有些孩子像是依然记得两年前的事情，坐在座位上朝这边笑着挥手。美野里寻找着萨吉娜，但一时难以分辨出来哪个是她。

虽然美野里她们再三推辞，但孤儿院的工作人员还是给她们端来了和孩子们同样的午餐——米饭、豆子咖喱和腌菜。她们和孩子们一样，不用小勺，而用手抓着吃饭。美野里手里的抓饭吧嗒吧嗒地落下来，孩子们指着她直笑。本来咖喱一点儿都不辣，她却故意使劲儿地皱着脸说："哇，好辣！"孩子们像约好了似的一齐朝着她笑。

午餐之后，她们征得院长先生的同意后，把旧衣物和点心分发给孩子们。有几个孩子抱住美野里和宫原玲，热情地说着什么，美野里边听边想，他们可能是在说两年前见面的事情。美野里感觉有人在看她，抬头一看，只见稍远处有个女孩儿在望着她。

美野里终于认出来了，那个用发卡别住刘海儿，把长发束起的女孩儿就是曾经毫无笑容的萨吉娜。她个子长高了，面容也有点儿大人的样子了。美野里向她招招手，她低头抬眼地看着美野里走了过来。美野里递给她仙贝饼干和糖果，然后向她展开几件旧衣服。

"你喜欢哪件就拿去吧！"美野里说道。萨吉娜腼腆地笑了，指着印有动漫角色的Ｔ恤衫和牛仔裙。美野里把衣服递给她，萨吉娜用右手做出狐狸嘴形状，一开一合，不出声地让"狐狸"说着什么。美野里完全没料到她会这样做，非常惊讶，又差点儿哭了起来。美野里也用手指做出狐狸嘴形状，一开一合，并用日语说道："谢谢你还记得我。"以前曾用尼泊尔语说过很多次"谢谢"，可现在却激动得怎么都想不起来了。

回国前夕，在加德满都的客栈天台上，美野里她们举行了简单的收尾宴。天台上摆着几张桌椅，但没有其他房客的身影。她们用瓶装啤酒干杯，然后吃了从小吃摊买来的莫莫和萨摩萨。

"这次与上次研学旅行时的感觉不同，非常愉快。"

"我看见有个阿婆随地小便时吓了一跳。"

"孤儿院的午餐最好吃。"

"在咱们看来，尼泊尔人表示'是'的动作完全就是'不'的意思。"

她们像孩子似的交流着感想，或者表示赞同，或者提出自己的见解。夜空中蒙着薄云，只能看到很少几颗星星。

"明年我就大四了呀！"宫原玲忽然冒出一句，"听说，在泡沫经济时代，去公司接受面试还能领到车费，拿到内定还能得到汽车，为防止毕业生去别的公司应聘，还赠送夏威夷旅行。但那毕竟是都市传说吧？"

"哦？这事儿我倒没听说过。"美野里说道。她一想到就业问题就郁闷不已。

"泡沫经济时代本身就是都市传说呀！"睦美冒出

这么一句。宫原玲和美野里都笑了。

"不过,想找工作的人已经开始就业活动了吧。我还没有采取任何行动呢。"美野里说道。

在她所在的大学,听说已有人暗中得到内定,宫原玲也说过她去年夏天在报社参加了短期实习。美野里听到这些后也会心生焦虑,可她还不清楚自己毕业后究竟想干什么,也不知道自己该从哪里开始,每天都忙于不得不做的事情。

"不过,"美野里接着说道,"虽然有些迟,但这次能来这里,我感觉似乎明白自己想做什么了,我好像想做这样的事。"美野里果决地说道。

"这样的事?你是指海外援助?像敏子的团体做的那种事?"

"嗯……,与加入援助团体进行活动有点儿不同吧。我在两年前参加研学旅行之前,什么都不知道!像有的学校里厕所不够用,有的学校里没有桌椅,现实中真有贩卖人口现象……,如果这些都是发生在日本的事情,就会觉得太严重了。可来到这里,却觉得都是平常会发生的事情，虽然这样说有些奇怪，但感觉就是平常会发生的事情。就像我有自己的日常生活一样，从人贩子手中救出来的孩子也有自己的日常生活。日常生活之间存在如此巨大的差别，而且我觉得这种差别恐怕不会消除吧，也不会因为各自处在完全不同的'日常'之中就不能相互理解吧。以前我觉得必须救助生活比我更困难的孩子，但我现在要思考不同于救助与被救助的关系的、让拥有差距悬殊的'日常'的人之间能相互理解的方法。研学旅行也是一个方法，但是不是还有其他方法呢？"

美野里虽然自知喝了啤酒后说话有些饶舌，但这些都是真心话。虽然不能像宫原玲那样说得更完整顺畅，但能把心里话坦诚地说出来，她就已经很高兴了。就是这么回事，例如把萨吉娜这样的孩子的存在告诉更多人。

"具体来说……"宫原玲嘟囔道。

"是啊，具体来说该做什么，还不清楚呢！拿出文殊的智慧，一起想主意嘛！"

"当记者？我想当记者的心情就和刚才美野里说的一样！"宫原玲说道。她开始讲述小学时代办报纸的经历，说她从四年级起就独自发行报纸了。

她最初都是出于个人爱好写些身边的事情，如商业街的鱼店歇业、流浪猫的信息、合唱比赛的名次等。在得到老师的夸奖后便有些得意扬扬，开始加入社会性的新闻，在发生海湾战争时，还写了相关评论。当时的社会舆论偏向美国，但宫原玲批评美国做得过分了。

"哎，玲学姐，你真是个怪小孩儿呀！怎么会那样想呢？"睦美问道。

"当时听广播时，一个音乐节目主持人这样说，我就接受了这种观点，仅此而已。如果那个人说美国是正确的，我想我就会那样写。"宫原玲说完把萨摩萨送进嘴里，"在我开始写社会性内容后，同学们就完全不阅读了。但是，因为老师称赞我的做法，我就得意忘形地继续了下去！不过，在小学毕业后，随着时间的流逝，我对自己的得意扬扬感到羞愧。因为我只是对他人的意见囫囵吞枣地直接照搬嘛！于是我想，将来要写自己看到、自己调查、自己思考的事情。所以，我就申请去报社实习，可还是跟记者不一样！这反倒让我认识到，自己希望只选择自己想知道的事情，并且用自己的方式和步骤去了解。"

"如果我和玲学姐同班的话，也许不会成为朋友。那种爱思考的孩子，感觉挺可怕的。"睦美说道。

"我不爱思考啦！"宫原玲说道。

"嗯，玲的这一点很厉害！还没思考就首先行动起来了。"美野里不禁说道。

"怎么，这是在挖苦我吗？"

"不是啦！没有别的意思！不管是老师还是学长，玲只要得到尊敬之人的表扬或建议，就会什么都不想地行动起来。行动起来之后再思考，就能满意地找到自己想做的事情。我觉得这太了不起了。"美野里凝眸俯视着淡淡的夜幕和家家户户那似乎柔弱无力的灯光。

"我好像没感觉到被称赞，这是怎么回事儿？"宫原玲不满意地说道。

"不是因为正中要害吗？"睦美说得正儿八经，美野里笑了。

"不过吧，美野里虽然模糊地找到了想做的事情，但也许还不知道具体职业是什么。这也许是因为那种职业还没出现。你看，我上次来时，不是问过小学的孩子们将来的梦想是什么吗？当时他们都回答想当学校的老师。其实我这回又问了同样的问题，这次呢，有个孩子说想当医生。我问为什么，那孩子说他爸爸住进了市区的医院。那孩子是第一次对医生有了认识！我当时就想到，哦，了解世界也是了解自己的将来啊！所以呢，美野里想做的工作也许暂时还不存在呢！"

美野里和睦美不禁面面相觑。

"我刚才说的话是不是很精辟？"

"嗯，感觉很意外。不假思索就能说出这样的话，玲确实了不起啊！"

"'不假思索'多余啦！"

有人上天台来了，正在欢笑的美野里她们中止了聊天。看样子是客栈的工作人员，此人举起一只手向美野里她们打了个招呼，然后点上香烟，靠在天台栏杆上，望着流云飘移的夜空。一缕烟袅袅升起，旋即消失。

美野里确信自己一定不会忘记这个夜晚，还有那一缕青烟。

☺ **外公篇**

走在黑暗的道路上，身子很沉重。明明什么都没吃，却很沉重，随时都可能倒地不起。于是，我在心中喊起口令"一、二、一"，双脚向前迈进。命令说走，那就得走。不明白这是要去哪里。不，明白，这是为防备敌人登陆，去修筑阵地。但是，具体地点在哪里，叫什么名称，却不知道。不，倒是听说了，只是没记住。因为河流、村庄和海岸的名称，从未听说过，是完全陌生的，也无法推测其含义。所以很难记住。

肚子饿了，饿得简直没法儿说，可也仅此而已。不能说肚子饿了，不能感到难受和悲哀。但其实我很惊讶——对在肚子饿了之后接连发生的状况惊讶不已。在肚子饿到这种程度时，会有骨头疼痛的感觉，牙齿松动的感觉，干渴的感觉，舌头增大一倍的感觉，喉咙里填满沙土的感觉。可也仅此而已，不能想这想那，只能想"一、二、一"。

即使是在到达之后，也还有重体力劳动在等着我们——砍树，搬运，挖战壕，修筑阵地。即使是生了病，受了伤，天降暴雨，也不能歇息。在这里比以前挨打更多了，每天干活儿的时间长达十二个小时，好不容易以为能睡觉了，却被命令巡夜，就算能睡觉了，也会发生空袭。

要是敌人不来就好了。不会来的吧？那我们不就可以回家了吗？这样一想，似乎就信以为真了。比起发生坏事，人似乎更愿意相信会发生好事。还是说只有我是这样想的呢？

如果相信会发生好事，那么当好事没发生时，感到的绝望也会更加强烈。这一点我也很清楚。敌人还是出现了，藏在山中的我们遭到了敌人来自空中的轰炸，还有来自海面的机关炮射击。枪弹飞来，迫击炮弹飞来，爆炸声撼山动地，夹杂着大量石块落地的轰响。

面前的男人脑袋被炸飞，背后有人倒下。会死吗？一同洗过衣服的那家伙，得意地向人炫耀恋人来信的那家伙，都死了吗？不行，什么都不要想。

幸存的家伙们要撤退了，服从命令后又向别的地点转移，修筑阵地。敌人的数量是我们的十倍，武器规模是我们的五十倍，食物储备是我们的一百倍。但是，不能考虑这些。我早已下定决心不动感情，若与敌人做对比，就会大大挫伤己方的士气。

我们组成小分队去偷食物，否则只能饿死。我们无声地在夜晚的丛林中前进，听到陌生的鸟儿在"唧——唧——"地鸣叫时，我想起了甚平。他在哪里？这种时候，甚平也在凝眸紧盯什么目标吗？他在紧盯被照明弹照亮的粗枝上茂密的树叶吗？听到陌生的鸟叫，他想起从未见过的艳丽鸟儿了吗？

日记借来后尚未归还。我说想看，他就把写完的一本借给了我。虽说必须归还，但能有归还的那一天吗？

顺利地把食物偷回来了，虽说还能勉强维持几天，可我们又要去突袭敌人的阵地了。渐渐地，即使不再提醒自己什么都别考虑，我也已经什么都不考虑了。被上司打倒就站起来，没有鞋穿就偷别人的鞋，扒死人的鞋也行。上司命令前进就前进，命令拉开距离前进就拉开距离前进，命令冲锋就冲锋，命令拼刺刀就会拼刺刀吧！命令自决……，肯定也会照办吧。我最厌恶游击战，因为我已不会独立思考。

其他人都不像我这样，他们都在思考，并且交流各自的想法。

以这么少的人数不可能战胜数千名敌人。我们不愿白白送命，应该撤离。不，怎么能做出临阵逃跑这种卑怯的行为呢？既然如此，就该战斗到底，我们有这条命就是为了用在这里呀……。不，没有说"命"这个字吧？也许谁都没有考虑过命的问题。我们是不是根本就没考虑到命的存在，没考虑到命是属于自己的呢？

但是，不管是否考虑过，不管是否把它说出来，不管是中尉还是中队长，只要是某个上司发出的命令，那就只有服从。

明明不是游击战，明明不是拼刺刀的部队，明明没有放松警惕，可我却中弹了。

"呜哇！好烫！"我大声喊着，满地打滚。

忽然，爆炸声，丛林，鸟叫，走在前面家伙的背影，疼痛，自己……，一切都消失了。

# 第四章 旧友

山下亭的定期休息日时，美野里前往羽田机场。她已提前十分钟到达出口处，有很多人拿着手机和写有姓名的纸牌在等候。到达的乘客陆续走出，有的与接机的人会合，有的快步走向航站楼出口。

"让你跑一趟，不好意思，谢谢啦！"

正在看手机的美野里听到招呼声，抬头一看，面前站着身穿T恤衫和牛仔裤的小陆。

"噢！你来啦！"美野里举起一只手和小陆击掌，"肚子饿了吧？先吃点儿什么再走，还是现在就去我那儿？"

"那个，姑姑家旁边有家出名的拉面店吧，小鱼干系的？"

"有啊！"美野里说出几家常听说的拉面店的名称。

"哦，就是那里，就想去那里。"小陆笑道。

"你知道的不少啊！虽然挺有名，可我还没去过。"

美野里说着向前走去。

"我上网查过。"小陆得意地说道。

他背着崭新的双肩软包,这让美野里想起了外公清美。二十年前,清美就是这样带着新背包走出机场,换乘电车来到国分寺站的。

"你上次说我可以去你那儿玩儿,是真的吗?"小陆发来信息是在梅雨期似乎快要结束的时候。他说暑假期间想来东京,而且寿士也说没有问题,美野里就回信说来住几天都行。后来,她打电话给哥哥启辅和嫂子由利,与他们说过此事后,小陆的东京之行就确定下来了。据说是在立下很多规矩后才得到允许的,例如:每天给家里打电话,完成作业,给山边家帮忙,禁止去游戏厅,禁止熬夜,禁止睡懒觉,禁止借钱,等等。

虽然已经过了一点钟,但小陆想去的那家拉面店前仍有几人排队。他俩就排在末尾。

"你来东京想做什么？"美野里问道。

"想游览东京。"

"我和寿士都要上班，所以不能每天都陪你，你自己能行吗？我是周三、周六休息，寿士是周六、周日休息。另外，寿士早上起得晚。"

"嗯，谢谢。"小陆说道。

两人排队进店后坐在柜台前，哧溜哧溜地吃着拉面。虽然店内空调冷气很足，但还是汗如雨下。

"你以前问过我凉花这个人吧？"小陆边吃拉面边问道。

美野里点了点头。

"她好像是个田径选手。"

"啊？怎么？你问过曾外公了？"

"嗯。我拿着信封问这人是谁，曾外公说是朋友；我问是什么样的朋友，曾外公说是过去的朋友。仅此而已。曾外公说：'把信给我。'然后他就自己收起来了。"

"那，你为什么觉得凉花是田径选手？"

"虽然信封上寄信人的名字绝大多数写的是凉花，但有几封写的是持丸凉花。我在网上搜索，发现她是残奥会田径选手。"

"残奥会是什么？"美野里边吸溜拉面边问道。

"你不知道残疾人奥林匹克运动会吗？明年要在东京举办。哦，不过，那个人好像还没确定明年是否参赛。"

美野里听了小陆的回答，抬起头来，似乎想到了什么，在脑海里刚要抓住那记忆的片段，它却咻溜地消失了。她想从提包里取出手机，但注意到店门外还有人在排队，就赶紧继续吃拉面。

"那个人和寄信人是同一个人吗？"

"嗯。我问曾外公那个人是不是田径选手，曾外公说是的。啊，太好吃了，谢谢招待。"小陆把汤都喝完了，又喝干了杯里的水。美野里也吃完剩下的拉面，买单后走出店门。蝉鸣阵阵，汗水涔涔。

"啊！"和小陆并排走在住宅区街道上的美野里清晰地想起了刚才咻溜一下消失不见的记忆片段，发出惊呼声。走在她旁边的小陆猛地挺直了身体。

"一惊一乍的怎么啦？"

"抱歉，抱歉！我想起来了，你曾外公那时在看电视上的残奥会报道。不是，不是，是你曾外公告诉我还有残奥会这回事儿。"

对了，那是在搬到国立市后不久，自己没能把房门的备份钥匙交给心仪之人，而是交给了清美。她甚至想起了当时那失望的心情。

"是什么来着？嗯……，什么来着？"美野里努力回忆当时的情景。

那年秋天，再次突然进京的清美每天都会外出，可那天晚上却待在公寓里和美野里一起看电视。对于初次看到的画面，美野里问这是什么，清美回答说是国际残疾人奥林匹克运动会。美野里从未见过身有残疾的人们同场竞技，不禁看得入迷。不过，当时清美说他以前也不知道残奥会。

两人回到公寓，美野里打开空调，带小陆去了客厅。这里与起居室相连，但关闭隔扇门后就成了独立的房间。小陆放下背包，美野里带他看过厕所、浴室和厨房，招呼一声"都可以随意使用"，随即启动了餐桌上的电脑。美野里也想看看小陆找到的那个田径选手的信息，二〇〇〇年清美的情况与残疾人竞技运动以及写有那个女人名字的信件之间应该有联系。

她在搜索栏里输入"持丸凉花"，开始搜索，最先出现的是有关残疾人竞技运动的网页。其中有球类、马术、游泳等各种项目的说明和备受期待选手的介绍，名叫持丸凉花的女子确实是一位田径选手。

但是，美野里问道："小陆，这个人不对啊！"照片上短发染成棕色的女子满面笑容，下面还有人物简介。不过，这位凉花一九九二年出生在东京，现已二十七岁。在残障分级栏中写有"T63"的代号和单侧大腿假肢，详细含义虽不太清楚，但确实是假肢残障选手。听说清美的朋友是田径选手，美野里的脑海里浮现出最年轻也应该是四十多岁的女性。

"啊？是这样啊！"小陆从美野里身后注视着电脑画面，说道，"曾外公不可能和这么年轻的人认识嘛！

而且，这个人是东京出身。"

美野里虽然觉得书信的主人和这位残障人田径选手不会是同一个人，但还是查看了介绍她的网页。她是一位跳高选手，在日本国内和亚洲范围的运动会上，曾以优异的成绩获奖，但在三年前的里约残奥会预赛中失利。

刚才，美野里在想起曾和清美一起看过电视报道时，就推测到那位朋友肯定参赛了。因为那是在海外举行的运动会，所以清美可能是和住在东京的朋友一起，在体育酒吧之类的场所观看每晚的电视新闻摘编。

对了，清美那次蒙着被子漏出哭泣般的声音，肯定是因为那位朋友出现在电视画面上或是得了奖牌吧。

"嗯……但是太奇怪了吧？"

美野里觉得，如果那位朋友与这位年轻的残奥会田径选手偶然同名同姓，就太奇怪了。

"到底还是那个嘛！我觉得是另一个同名同姓的人啊！"她终于做出了结论。

"是吗？"小陆用扫兴的语调说道。

"因为最早的那封信是在一九九九年吧？"那是自己去东京那年，所以美野里还记得小陆说过的话，"那年这个人才七岁呀！会写信吗？"

"哦……"小陆凝视着空中，"对了，是这样啊！如果真是孩子寄来的信，就能弄清是孩子寄来的嘛！"

"外公有可能跟她父母是朋友吧？"美野里说道。

"那倒是有可能……比起同名同姓的其他人，感觉这种可能性更大。"

空调开始起作用，房间里终于凉快了。小陆走开了，美野里关掉打开的网页，开始查看电子邮件，只有两三条广告宣传邮件。

"曾外公身上是不是暗藏着什么重大秘密呀？"

坐在电视机前沙发上的小陆一边摆弄手机，一边自言自语。

"重大秘密？"

"我不清楚。如果曾外公告诉我们那个寄信人究竟是什么朋友，我们就会想：'哦，原来是这么回事儿。'可是，因为曾外公不说，就让人觉得似乎有什么秘密。"

"但是，曾外公从很早以前就一直不说嘛！"

美野里专为小陆准备了山下亭制作的布丁，放在沙发桌上，她一边倒大麦茶，一边讲述大学时代清美进京的事。到最后，清美既没说来东京要见的朋友在哪里，叫什么名字，也没说为什么要见那位朋友。

从那以后过了几年，在美野里刚就业那段时期，清美还来过几次东京，但在某个时点之后就不再来了。美野里也不知道是什么原因。

"所以，他应该就是习惯了这样，或许没什么秘密。我从哪本书上读到过，那辈人从不说食物好吃或不好吃。经历过战争的人都是这样，那时食物匮乏，哪里还谈得上好吃不好吃。"

小陆嘟囔了一声"战争"，随即开始吃布丁。

"曾外公去过战场呢！"小陆不是对着美野里，而像是在自言自语地嘟囔。

美野里还等着小陆接着说，可小陆却不再提清美的事，只说了一句："这个，好吃。"

"而且，我觉得外公有很多事都不想说呢！我以前也问过他年轻时的事，可他什么都不回答。外婆制止我说：'他不想讲，你就别问了。'"

"可如果是那样的话，"小陆盯着布丁盒喃喃自语，"就什么都不会知道了。"

那天晚上，他们在寿士的建议下去吃烤肉。寿士和美野里要了啤酒，小陆要了大碗米饭。寿士专管烤肉，烤好了就给大家分盛。七点钟过后，店内顾客爆满，年轻店员们麻利地在店内穿梭。

小陆连连说："好吃，好吃。"

"你来东京是要干什么来着？有什么活动吗？"寿士问道。

"活动？"小陆面露不解地看着寿士，"哦，实在对不起，我住这儿给你们添麻烦了。"

"不是，不是，不是那个意思啦！我想你可能是因为有什么活动要参加吧。这么说来，小陆都喜欢什么呀？"寿士用铁钳夹起烤好的牛腩，放在小陆的盘子里。

"嗯……我喜欢足球，可还没达到加入足球部的程度，游泳挺拿手的，却也没达到能参加县运动会的水平。该怎么说呢？"

"小陆不是擅长写作文吗？我听由利嫂子说过。"

"算不算擅长呢？我写作文倒是不太费劲儿，但还算不上擅长。我对擅长写作文这种说法感觉挺别扭的。对了，我喜欢吃烤肉。"

"写作文不费劲也挺酷的呢！电影呢？电影不喜欢吗？"

"虽然不讨厌，但也算不上喜欢吧。"

"是吗？太遗憾了。不过，你在我家期间可以随意看影碟！没有什么不适宜的。"

"不适宜的是什么？"美野里问道。

"有五花八门的吧，不适宜的。"寿士向小陆说道。

小陆表情尴尬地笑了笑。

"可以拍照吗？我想发给父母。"小陆像是要转换话题一样，从腰包里取出手机。这时，从腰包里掉出什么东西，美野里蹲下捡起来，是一本书。

"这是怎么回事儿？"

"啊，那个……"寿士看着美野里手上的书也说道，"我家也有这本书！作者是你姑姑的朋友。"

"真的假的？"

"嗯，真的。"美野里盯着书——这是宫原玲写的书——点了点头，"她去采访世界各国的孩子和因战争而流离失所的人们，之后写成了这本书！小陆怎么会读这本书？"

"'怎么会'？！这是指定阅读图书啊！"小陆伸手接过书来，收进腰包，然后用手机对着烤肉拍了几张照片。

"作者是姑姑的朋友，好厉害呀！那她现在就在这些地方吗？"小陆边查看照片边问道。

"目前不在。那是她很早以前出的书。"

这部《学校是什么样的地方？》是宫原玲的出道之作，应该是在二〇〇五年或二〇〇六年出版的。取材于生活在印度、尼泊尔、柬埔寨、老挝等国家的失学儿童，是面向少儿的读物。书中介绍了各个国家和地区的识字率和就学率，并讲述了由于多种原因而失学的儿童的现状。例如不得不去干活儿挣钱，不得不帮大人做家务，被认为女孩不需要上学，家离学校十五公里远，等等。收录的照片都由远藤翔太拍摄。

"被指定为初中生阅读图书可是真了不起。我还不知道呢！"美野里说道。

小陆似乎想说什么，但又吞了回去。

"那个，我可以喝可乐吗？"小陆交替地看看美野里和寿士说道。

他又拿起手机，点了几下说："看看这个，我妈发来的。"然后把对话界面朝向美野里。

对话框里写着："烤牛腩不能吃五人份。吃完要记得说'谢谢款待'。"

"可乐是不是该取消啊？"小陆故意做出要哭的表情问道。

"没事儿，没事儿，烤肉和米饭都可以追加！"寿士笑着说道。

"那其实不是学校指定的阅读图书啦。"在店外等候寿士买单时,小陆对美野里说道。

美野里想到他刚才欲言又止的就是这个,点点头说道:"哦,是吗?"

"这是我妈指定的阅读课题。"小陆一边毫无意义地原地踏步,一边说道,"上次姑姑回老家时知道了我没去上学的事,对吧?后来倒是在暑假前去了几天。可是我妈说,世界上有很多孩子想上学都上不了,你读了这本书,要写一篇感想文。我心想:这是哪儿跟哪儿呀?可我又想:要是因此不让我来东京,岂不得不偿失?所以就先带了几本来。"小陆快速地解释,大概是不想让寿士听到。

"这本书有意思吗?"美野里问道。

"怎么说呢……,才看了一半,只是觉得:啊?世界上还有这种事儿?因为书中写的都是我不了解的情况。"小陆闭上嘴,似乎在找词,停下了原地踏步的双脚,"虽说如此,但是,如果因为世界上还有吃不饱饭的人,就警告我吃菜时不要把青椒剩下,这就有点儿奇怪了吧？我的感觉就跟这个一样。"小陆低着头叽叽咕咕地说道。

"久等了。要口香糖吗？"从店里出来的寿士向小陆递来口香糖。

"谢谢款待，谢谢。"小陆规规矩矩地行礼并接过口香糖。

他们在便利店买了啤酒和雪糕后回到公寓。这些对美野里来说都很平常，可小陆看上去却兴高采烈。或许是小陆为了照顾气氛，故意做出非常欢快的样子。

小陆先去洗过澡，然后是美野里，她出来后寿士进了浴室。美野里拿着罐装啤酒和酒杯坐在餐桌旁，刚才关着的隔扇门被慢慢地拨开，小陆露出脸来。

"啊？你还没睡？"

"我可以吃刚才买的雪糕吗？睡前我再刷一遍牙。"

"行啊，行啊！吃吧，吃吧！"美野里说道。

"这个家真好呀！比我家禁止事项少。要不我就住这儿吧？"小陆逗趣地说着，去厨房拿了雪糕，返回后坐在美野里旁边。

"哦，刚才说的那个朋友，哎，就是你带的那本书的作者，她目前在墨西哥呢！哎，你上次说过吧？中美洲的迁旅集群正步行前往美国边境。她就是在对那方面的情况进行取材呢！"美野里对说出这话的自己也感到羞惭，虽然这么多年都没联系官原玲，也没和她聚会，而现在却像在谈论持续互报近况的朋友似的。

"啊，这也写成书了吗？"

"还没成书，不过可以在网上读到报道！"

"啊，那太厉害啦！"

窗帘还开着，小陆边吃雪糕边观望外边的夜景。美野里心想：在霓虹灯映射下的狭窄不夜天，会怎样映在小陆的眼里呢？

"那个作者是什么时候的朋友？高中？哦，姑姑那时是初高中一贯制吗？"

"她是我大学时的朋友，但和我不是一所大学，只是在同一个社团。"

"社团就是搞各种活动的俱乐部吧？是什么俱乐部？"

"应该叫志愿者吧。嗯……，就是志愿者啊！陪孩子们玩游戏，收集援助贫穷国家孩子们的物资和捐赠。"

"哦？姑姑还做过那些事情啊？"

"偶然地被招进去了嘛！"美野里往酒杯里加了啤酒，继续喝。

"那，姑姑也在大学期间去过外国？"

美野里想起以前小陆也曾问过这个，当时只是敷衍了一番。在被问到是否去过外国时，她就列举了休闲度假的国家，如泰国和夏威夷，都是在休假时和寿士去过的地方。

"只有屈指可数的几个而已。不只是和同学，还有大人们呢！可以说是被领着去的吧。当时我觉得做了很了不起的事情，但现在想来其实什么都没做。看到与自己境遇不同的人就会惊呼：'哇，太不一样了！'仅仅是这样走马观花了一趟而已。原以为那和观光旅游不同，可从某种意义上讲，还是观光旅游啊！"

美野里边说边想：自己为什么会对小陆滔滔不绝地讲这种事情？对了，当时自己真的感到是在参与某种大事。而所谓大事，并不是救助贫困的人和为他们排忧解难，不是这些。自己根本不可能做到那些，这在大学时代就一清二楚了。

但是，自己看到了以前没看到的东西，了解了以前不了解的情况，思考了以前没思考过的问题，做了以前没做过的事情，这是实际感受。她感到这是名副其实的"世界展现在自己眼前"，当时她没怀疑那种感受或许是错觉。让一个毫无笑容的少女绽开笑靥，仅凭这一点就不会觉得自己所做之事毫无意义，并借此相信世上也有自己能做到的事情。

不知为何，她觉得如果把这些讲给小陆听，他会予以理解。她觉得，虽然自己与这个十四岁的侄儿并非多么亲近，而且交谈动不动就中断，但如果把以前没能对任何人说过的、自己一直在思考的事情和想法变成语言讲出来，小陆也许能明白。

"我们去帮助他们修建学校，但仅仅是几天，只垒砌了几十厘米高的砖墙啊！即便如此，当我看到建成的新校舍时，还是激动地想：这是我们修建的！"

"那也很棒呀！"小陆说道。

美野里瞟了小陆一眼，果决地问道："小陆啊，你为什么不去上学了？"

问过之后，美野里觉得这就像是提出了交换条件，心里产生了小小的罪恶感。如果小陆告诉我的话，那我也把自己不能告诉别人的事情告诉他，美野里心里确实有这种想法。不过，这种想法太幼稚，而且对小陆来说也是无所谓的事情吧。

"哎呀，我感觉好累，或者说只是想有几天什么都不做。可是刚休息了一天，麻烦事却变得更多了。"

小陆一边舔着吃完后的雪糕棒，一边演戏似的用大人的腔调说道。美野里这才发现小陆根本不想说出真正的原因。小陆不会突然向他父亲的妹妹坦白真心，他大概也不是为了这个来东京的吧。

"是啊！好啦，我明白！上学有时也会很累呢！"美野里决定话就说到这里为止。

"怎么，两个人在开酒会？"寿士用浴巾擦着湿头发出现了，"我也加入吧？"厨房里响起从冰箱里取啤酒的响动。

"不过，小陆，不是禁止熬夜吗？第一天就违反规定可不好啊！刷牙睡觉吧！寿士和我也只喝完这些就睡觉了。"

"要是小陆也可以喝啤酒就好啦！"寿士坐在对面，打开罐装啤酒。

"晚安！那个，谢谢款待。"小陆再次鞠躬，随即走向洗手间。

美野里稍稍犹豫了一下，然后去了卧室。她从书架上取出三本宫原玲的书，走向洗手间。

"这些也是我那个朋友的书，你要是觉得现在读的那本有意思，就读读看。啊，不过这不是姑姑布置的课题，没兴趣就先放在一边吧！"

美野里向刷牙的小陆说完，把书放在洗脸池边，随即返回餐厅。小陆边刷牙边闷声闷气地说了句："谢谢。"


"不去附近喝点儿吗？"山下贤太郎很罕见地邀请道，他说山下亭和咖啡馆的几个工作人员要一起聚会。

"算是联谊会吧。哦，也就是单纯的酒会。"

"挺稀罕的啊，开酒会。我虽然想去，但我侄子来我家了，我得回去。"美野里说道。

"遗憾！我还想和美野里喝几杯呢！"看样子要参加酒会的西点师长尾真步说道。

"把你侄子也叫去吧。"贤太郎说道。

美野里先是想拒绝说"不，那怎么行"，可转念又想，如果小陆有什么心事，也许带他去见见各种人，能得到有益的刺激。比如说貌似沉稳但内心炽热的贤太郎及在初中时代就对制作蛋糕萌发了兴趣的真步等。虽然让小陆看到自己在山下亭并无大用会感到羞惭，但或许他想到还有这样的大人，也会心情轻松些。

"可以叫来吗？他还是个初中生。"

"如果你侄子不嫌弃的话……"贤太郎说完，告诉了美野里居酒屋的名称。

　　美野里：我们在下北泽举行职场的酒会，你来吗？

美野里向小陆发了信息。

小陆：我去可以吗？

小陆秒回。

美野里告诉小陆乘电车到下北泽的步骤，还补充说让小陆出了新宿站就发信息，她会在车站等他。小陆发来动漫角色做出OK手势的表情。美野里又向寿士发了信息，说她要带小陆去参加酒会，晚些回家。

小陆被安排坐在长桌的短边，表情紧张地喝着可乐，品尝着大家推荐的菜肴。居酒屋里顾客爆满，从各处响起爆笑声和高谈阔论声。

"参加了什么俱乐部？""喜欢什么漫画？""有女朋友吗？""将来想当什么？"小陆遭到主要来自贤太郎的连续提问，做出僵硬的笑脸拼命回答。

参加酒会的真步、雄介、桃子、茜及咖啡馆的浦泽都仔细聆听小陆的回答，时而欢笑，时而赞叹。但酒过三巡之后，话题就渐渐地转到了本店的现状和将来的发展上。

大家虽然热烈地谈论着店铺经营的话题，但仍不时地像突然想起似的招呼小陆。

"肚子饿了吧？吃主食吗？"

"你吃过我们店的蛋糕吗？过来吃呀！"真步和茜也和小陆搭话。

虽然大家还在继续喝酒，但过了十点钟，美野里和小陆就离开了居酒屋。小陆向贤太郎规规矩矩地鞠躬，说："多谢款待"。

"你可以随时来，想吃多少蛋糕都行！"贤太郎说道。

小陆似乎对晚上十点多的电车仍拥挤不堪感到非常惊讶，从车站到公寓时，一直在说个不停。

"大家都很奇怪呀！""有的人站着睡觉！""每天都是那样吗？"地方上的电车确实不会这么拥挤，晚上的电车小陆可能还没坐过。美野里想起，她来东京后也是过了很长时间都还不习惯，对临近深夜电车里的拥挤不堪总是感到惊讶不已。

"那些人你都不认识，累了吧？"两人走在亮如白昼、行人如织的拱廊街，美野里向小陆问道。

"挺有意思的。跟在学校里感觉不一样，店里和过节似的，真热闹。蛋包炒面好好吃。"小陆答道。

"你和须田君说话了吧？"

"哦，我说自己觉得店里男人很少，一说他就笑了。他说：'这样说来倒也是啊！可干起活儿来就意识不到了。'"

"因为须田君总是在埋头干活儿嘛！"

"那个人是做蛋糕的吧？我问他从很久以前就喜欢做蛋糕吗？他说在我这么大的时候想当航天员。"

"哦？须田君曾经想当航天员吗？我一点儿都不知道。"美野里说道。

"他也问我想从事什么职业。"

"嗯，你是怎么回答的呢？"

"视频网站的博主。"小陆答道。

"啊？真的吗？"美野里看着小陆问道。

"假的。不过,那样回答在大人中能受欢迎。须田先生也笑着说:'如今的孩子们……'"

"仅从具有主动服务的精神来讲,小陆已经很了不起啦!我像你这么大的时候,如果有人这样问,我也许只是笑着应付一下。再说我也没什么想从事的职业,即使是上了高中也回答不上来。"

"那什么时候搞清楚的呢?"

听到小陆这样问,美野里无言以对。能说出想从事什么职业只是在上学的时候,后来,就算什么都想做,也只能做力所能及的事情了。眼看就要到四十岁的美野里就是这样想的,可她并不打算把这些告诉十四岁的小陆。

"也许一直都不会清楚,就算自己以为清楚了,也会发生改变。不过,我目前就喜欢现在的职场。"

"寿士姑夫回来了吧?要不要给他买点儿什么好吃的呀?只有咱们吃了好吃的东西。"走出拱廊街来到住宅街前时,小陆说道。

"其实是小陆想买点儿什么吧?去便利店?"美野

里说道。

"露馅儿啦!"小陆夸张地仰望天空,抓挠头发。

"可以呀!给他买几罐啤酒,给你买雪糕吧!"

"太棒啦!我就住在姑姑家里吧!"小陆笑了。

小陆在美野里和寿士的公寓里住了一个星期。因为刚好和接他时一样,今天也是山下亭的定期休息日,所以美野里决定送小陆到羽田机场。虽然小陆说自己一个人能行,但美野里说:"我今天有空能去嘛!午饭一起吃吧!"小陆没有拒绝。在出门前,小陆从美野里给他的书中拿出一本说:"这本书我还没看完,可以借给我吗?"

这是宫原玲采访儿童兵后写成的书,是她的第二部著作。小陆为什么会选择这本有关儿童兵的书呢?美野里心头一惊。

"可以呀!为什么是那本?"为避免听起来不自然,美野里边穿鞋边问道。

过了片刻,小陆答道:"因为看上去容易阅读。"

这部书确实和第一部一样，是面向少儿所写的。

通往车站的拱廊街一如既往地熙熙攘攘，美野里以前没注意到，现在却发现少年儿童的身影相当多——围成一圈热烈交谈的初中生模样的男女群体，在行人之间钻缝跑过去的小学生们。遇到同龄的孩子时，小陆都会迅速把视线投射过去。

在新宿站换乘山手线，美野里和小陆抓着吊环并排站立。

"由利嫂子还叫你写读书感想？"美野里问道。

"虽然没叫我写，但可能会叫我讲讲怎么想的吧。"

"你会讲什么呢？"

"虽然我想讲：'因为有的孩子连饭都吃不上就叫我不要剩饭，这太奇怪了。'但是，妈妈肯定会生气地说：'你不要讲这种歪理！'所以我就讲几句平常的话吧。"

"平常的话？"

"就像'世界上有各种艰辛的事情'这种。"小陆嘀咕道。

"这么一说，我也想起来了。我同样被提醒过：'不要把供餐的饭菜剩下，在世界上……'当时我也像小陆那样想，就算我勉强地吃完，能救助那个孩子吗？"美野里也说道。

"这个世界皆有定数啊！因为我多吃了，所以也许有的孩子就吃不上了，说那种话的人就是这样想的吧。"

"你这可是新说法呀！"

"当然这也是傻瓜的想法。"小陆噘着嘴说道。

在看得见飞机起降的餐厅里，小陆吃了汉堡包，美野里吃了蛋包饭。机场餐厅里相当拥挤，在过暑假的孩子们吵吵嚷嚷，婴儿的啼哭声尖利刺耳，大人对玩闹的孩子厉声呵斥。

"曾外公不想说的事，我还是不要知道为好吧？"小陆切开汉堡包，问道。

"嗯，不过，小陆想知道什么呢？"

"目前想知道的就是凉花这个人嘛！残奥会选手的父母究竟是曾外公的朋友，还是毫无关联的人？"

"可是，你知道了又怎样？"实际上，美野里并不清楚小陆为什么纠结于此事。虽然在看到信封时她也推测过这是谁，但也只是小小的疑问，很快就忘掉了。而且，就算外公与那位残奥会选手或她的父母或相关者确实是朋友，小陆又想做什么呢？

"可是，如果真是残奥会田径选手的话，也许要参加明年的残奥会比赛吧。曾外公的朋友要去残奥会参赛，那不是很棒吗？"

美野里抬起头来。

"哦？仅此而已？"

"什么'仅此而已'？"小陆愣怔了一下，反问道。

"怎么说呢，那个……"

小陆纠结于那个谜一般的来信人，仅仅是出于他为曾外公的朋友能参加残奥会比赛而高兴这种追星心理吗？美野里虽然感到有些扫兴，但又觉得也许是自己想得太复杂了。小陆说的话并没有更深的含义，也许他只是觉得如果曾外公真的认识残奥会选手，那确实非同一般吧？

"哦，我想，如果那个人真是你曾外公的朋友，小陆是不是要来观看残奥会呢？"

"要来，要来！如果曾外公想来的话，还要带他来。"小陆说道，"哦，但不知那个人是否会参赛，目前还没正式确定出场选手。"

"是吗？你好厉害，知道这么多啊！"

"查一下就知道了。"小陆嘟囔道，随即用餐刀切开了汉堡包。

这时，美野里的眼前忽然清晰地浮现出外公和小陆一同出现在机场出口时的情景，仿佛已经看到了一般。就像美野里刚来东京不久后，外公拄着拐杖，背着崭新的双肩软包来时一样，在他身旁站着比现在长高些的小陆，也是背着崭新的双肩包四处张望，找到美野里后就挥起手来。

"如果真是那样就好啦！"

"寄信的是不是残奥会选手本人，要是曾外公告诉我就好啦！"

"你问问你曾外公去不去看残奥会，好吗？如果他的朋友参赛，我想他会说去。"

"时间还早呢……不过，曾外公行动不方便吧。他能坐飞机吗？虽然这话不该说，但曾外公可是个'爷爷度'极高的爷爷！"小陆说道。

"'爷爷度'……"美野里忍俊不禁，"就像上次那样，小陆和我想点儿办法就没问题了。哦，而且，如果他知道真的是以前的朋友的孩子或熟人参赛，也许会力量倍增，比现在还精神，或许还会降低'爷爷度'呢！"美野里笑着说道，她感到这一切都能成真。

"是啊！"小陆边咀嚼边咕哝道，咽下口中的食物后，急不可耐地说，"什么时候才能知道正式参赛选手都有谁啊？"

"抱歉！我对奥运会和残奥会一窍不通，可以问问寿士或自己查查看。"

"我也查查看。"小陆说道。看上去他比一周前刚来时精神多少有些好转，虽然一周前的他倒也不至于无精打采，但这次短暂逗留绝对没对他产生什么不好的影响。美野里松了一口气。

吃完饭走出餐厅，确认时间还有些富余，美野里就让小陆在通道上等候，自己走向礼物商店。当她买好西式糕点出来时，只见背着双肩包的小陆正抬头望着航班信息屏。

"久等了。这个交给你妈妈，这个送到你曾外公那里。"美野里说着把糕点盒交给小陆。

"姑姑，谢谢照顾。这次来非常愉快。"走向安检通道的小陆依然面朝前方，绷着脸说出与表情截然相反的话，"能和各种人见面交流也挺有意思。"

安检通道入口前排起长队，小陆站在队尾。

"送到这儿就行了，代我谢谢寿士姑夫！"小陆说道。

"我也感到很愉快。下次再来，路上注意安全。"

美野里说完就离开了，走了一段又回头看，小陆也发现了她并挥挥手。美野里也挥挥手，然后乘上去电车站的电梯。

回到公寓，美野里把小陆用过的被褥晒出去，把毛巾被和褥单放进洗衣机，然后开始清扫客厅。虽然开着空调，可她还是汗流不止。美野里停下手来，坐在沙发上，没开电源的电视机屏幕上模糊地映出自己的身影。

小陆在这里仅仅待了一个星期，而且由于自己白天要上班，所以都是晚上和小陆见面。可是，当小陆离去之后，美野里心中却奇妙地产生了巨大的缺失感，房间里格外安静。

当小陆在家时，寿士会比平时回家早些，有时比美野里更早回来做饭，今天也是在七点多就回来了。

"哦，对了，"他嘟囔道，"之前说过要回去的嘛！"

"嗯，我把他送到了羽田机场。谢谢你这些天的照顾。"美野里一边准备晚饭一边说道。

凉拌豆腐、凉拌茄子和生鱼片摆上了餐桌。

"全都是凉菜。"美野里立刻注意到了。

"天气热嘛！喝啤酒会不会太凉？可还是想喝呀！"

两人倒上啤酒，碰了杯，然后开始吃饭。

"感觉很安静啊！"寿士也说道，"小陆明明不是个爱吵闹的孩子，可他离开后却觉得异常安静呢！"

"小陆白天在家做什么呢?虽然他对原宿和秋叶原很感兴趣,但好像因为害怕就没能去。新宿倒是去过了。我想他正处在不愿让人问这问那的年龄,所以就没问。"

寿士喝了啤酒,像考虑到什么似的,眼睛聚焦于一点,然后望着美野里。

"怎么?喝日本酒吗?"美野里问道。

"哦,日本酒也好啊。不过……,小陆……,倒是不用太担心,只是有点儿在意。"

"啊?什么?"美野里放下筷子,不由得压低了嗓音。

"他好像在这儿看了不少电影碟片。怎么说呢,因为大都是战争题材,所以我有点儿在意。哦,不过,那个,看过的碟片全都码放得整整齐齐,也就是说他并没隐瞒自己看过哪些,所以没有任何问题。我只是觉得这和对他的印象不同,就感到有点儿意外。"

美野里起身去厨房,拿起冰镇的日本酒和酒盅,返回餐桌旁,给寿士斟上酒。

"战争题材的电影是怎样的？"美野里问道。

"像《野火》《早安越南》《现代启示录》《战火屠城》《硫磺岛家书》《敦刻尔克》《辛德勒的名单》《索尔之子》《钢琴家》。"

寿士列举的大都是著名电影，美野里也大致有所了解。

"各种风格的都混杂在一起呢……。或者说可以统一称为战争题材的电影吗？莫非小陆是武器狂？"

"从序列来看，我觉得和武器狂不同啊！"寿士歪着头说道。

"那，是战争狂？"

"哦，你没必要确定是什么狂……也许是出于男人爱看打斗片的心理，或者是有什么想了解的东西吧。"

"比如说？"

"嗯……"寿士喝了一口日本酒，又盯住一个点儿，思索起来，"对不同国别和不同时代的战争片的理解方式，这种？"

"除了战争题材的影碟之外，小陆什么都没看吗？"

"也有其他题材啊！像《星球大战》呀……"

"这也是战争题材呀！"

"《侏罗纪公园》呀！"

"总算离开战争了。"美野里不禁嘟囔道。

寿士笑了。

"不，《星球大战》算不上是战争题材。"

难得来东京一趟，小陆连续观看战争题材的电影，是想知道什么呢？这确实让人不得不在意。但是，此前和小陆聊天吃饭时得到的印象却并没有什么异样——比如说他并没有异常地想看或想知道人杀人的情景、大批人死去的情景等，因而美野里并没有这种直感。正像寿士所讲，小陆如果有什么想隐瞒的，就不会把看过的影碟码放到一起了吧。

另外，美野里也觉得，说到底也只是觉得，小陆并不是为了宣泄精神压力或一时痛快而想看打斗类影片。

美野里想起，小陆曾喃喃自语地说："曾外公去过战场啊！"他不去上学却泡在曾外公家里，觉察到清美的守口如瓶似乎与战争有某种关联，或许因此而想要搞清楚是怎么回事——关于战争或关于绝口不提过去的清美。虽然小陆说选择宫原玲所写的关于儿童兵的书是因为"看上去容易阅读",但也许与这些电影有某种关联。

"他可能是想了解某些事情吧,但究竟是什么,我也不知道啊!"美野里嘟囔道。

她决定不把这事告诉启辅和由利,像这种并非朝某种反常方向发展的直感,根本无法说清楚。而且,小陆也肯定没向父母讲明自己想了解什么,估计他也不想被别人知道。这些都只是推测而已。

"哦,不过,到底怎样呢?也许是我高估小陆了。"美野里不禁嘟囔道,"他还是初二学生,也许不会那么正儿八经地想了解什么吧,也许只是因为有些郁闷,想找点儿刺激而已吧。"

或许小陆自己都不知道自己想了解什么,与清美和战争都没什么关系。那些不得不离开自己生长的家园的人们怎样了?全世界的国境线上都有高墙吗?那个残奥会选手与曾外公是熟人吗?那么多的信件意味着什么？也许小陆想了解自己所看到和听到的一切，也许他模糊地觉得，学校不会讲授自己想了解的那些事情。而不管是哪一种情况，也都只是美野里的猜测。

"不会，不会，虽说小陆是初二的学生，但每个人的情况相当不同，所以很难完全说清楚。我上初二时，就很想更多地了解电影呢！"

"是吗？你是因为看了《子猫物语》而受到启蒙的嘛！"

"烦人。"寿士笑了，美野里也笑了。即使两人一同放声大笑，美野里仍感到房间里过于清静。

美野里：

　　谢谢你的来信。好久不见！甚至已记不得多久没见了。

　　你说读了我写的报道，我非常高兴。是的，我目前在墨西哥。你问我这次是受谁的煽动去了墨西哥，也许美野里会感到意外呢！我是受到上次采访难民营时认识的人的邀请（哦，这是受到煽动吗？笑），去采访迁旅的人们，才来到了这里。

美国针对墨西哥实施了经济制裁并筑起了国境墙。不仅如此，还开始逮捕救助移民的志愿者，目前每天依然是混乱不堪。虽然有人越过了国境墙，但被遣返回国和送到墨西哥犯罪多发地区的人也很多呢！从宏观角度来看，问题如山，要想解决，简直像梦中之梦一般。不，或许本来连怎样才算是解决都搞不清楚。看看眼前，到处都是进退两难、露宿荒野、食不果腹的人。

我一直在想：如果是自己会怎么样呢？过着没有工作，随时可能遭袭被杀的生活。如此大量的民众一同走起来，我也会相信前方绝对有好事在等着自己呢！如果还有孩子，那就更要为了孩子而走向似乎有好事等着自己的地方。因此，如果是我，目前在这里还不会绝望。

因为我这样想，所以现在还回不去。墨西哥方面的援助团体开放了体育场，会提供饮食和其他援助，所以我也要一边协助，一边继续取材。

我本想在年末回国，但不知会怎么样。如果确定回国，我会联系你，我想和你一起在东京喝酒。好想吃寿司啊！再联系吧！如果有兴趣就给我发邮件吧！

> 玲

宫原玲这封没发到手机，而是发到电脑邮箱里的邮件，美野里读了好几遍。成千上万走向国境线的人们，在国境线前被阻止的人们，宫原玲所在之处的状况和情景，美野里无法做出任何想象。

玲就是玲，美野里多次一边逐行阅读邮件一边想道。她大概也没进行什么深刻的思考，如邮件中所说，受到熟人的邀请就去了墨西哥，看到离开故土徒步迁旅，试图跨越国境的人潮，心里孩子般率真地产生了疑问：为什么他们不是自己？并渐渐地像从最初就被赋予这种使命般与他们同吃同住，竭尽全力地要把他们的现状、绝望、希望、真心话提取出来，广为报道。同时多次困惑地思索：是不是将此当成了与己无关的事？是不是在他们与我们之间画了线?

美野里心想:幸亏当时就像被单纯的直觉在背后推动一样给玲发了邮件,若没有立即行动,或许就到此为止了。她读着邮件,仿佛听到了宫原玲亲切的声音,好像那段不通音信的岁月根本不存在。

## ☺ 外公篇

我觉得自己必死无疑。究竟是被枪弹击中的,还是被炮弹炸中的,我不清楚。我感到燃烧般的热量随即冷却,一切都消失了。

但是,我没有死。有人在我耳边轻声说"不要紧",一边轻声说着,一边用布裹住我的脚。我心想:那块布不能那样用,会被血弄脏。可我却发不出声来。

"不要紧的,你要挺住。"每当我感觉要坠入黑洞时,都会响起那个声音,把我从洞边拉回来。我感觉越来越冷,"你要挺住"的呼唤声渐渐远去。

当我恢复意识时,发现自己和很多男人躺在一起,空气中掺杂着腐肉的气味和粪便的气味。四处传来痛苦的呻吟声,仿佛整个房间本身都在呻吟。然后,我从这里被用担架抬出,送上卡车。行驶在坑坑洼洼的道路上,卡车上下颠簸,左右摇晃,我的全身像被铁锤猛击般剧痛难忍。我到底还是已经死了吧。是不是正在和其他死去的士兵们一起被带到地狱去呢？

可是，我们到达的不是地狱，而是医院。虽说是医院，却都是椰树叶做顶、圆木做墙和地板的棚屋。在蚊帐里，有一张铺着干草和毛毯的六人寝床。我将在这里接受手术。三名护士兵合力摁住我，医生在我耳边说了句什么，但我只能点头。阵阵剧痛使我忍不住叫喊起来，有人怒吼"忍着点儿"，并往我嘴里塞了什么东西。我再次感到坠入黑暗，头朝下，径直坠入深洞。

我还没死。有人告诉我我已昏睡了很多天。整个房间充满恶臭，但更令人厌恶的气味却是从自己身上发出的——脚化脓了。我想摸摸那只脚，但头脑顿时陷入了混乱，因为本该有脚的部位却没有脚——左脚没了，从膝盖上部向下都没了。从缠裹的绷带中唰啦唰啦地掉下米粒，但米粒不可能会动，是蛆虫。

哦，是这样啊！当时医生说过只能截肢，如果不截，我就没命了，所以我的脚没了。可我怎么都不明白，因为本应没有了的脚却奇痒难耐，痒得我忍不住想叫喊，痒得我甚至忘了疼痛，痒得我神志恍惚。

我想，我是已经死了吧，正在做梦，梦见脚已被截掉。哦，是这样啊！不是说幽灵没有脚吗？可我还有右脚，而左脚奇痒难耐。

我像失去了意识般沉睡，又迷迷糊糊醒来，然后又像失去意识般沉睡。一旦清醒，奇痒、疼痛、寒冷、恶臭、汗味和呻吟声就会同时袭来。我是已经死了吧，这回真的是在地狱里。

从椰树叶编织的棚顶缝隙可以望见星星。它们眨着眼睛似乎在喃喃细语："地狱不在这里，还在前方。"

有的人停止了呼吸，被抬了出去，有的人已能进食，并返回前线。我哪边都不想去。不过，我怎么想都没用，这不是我自己能决定的事情。

某一天，我又被抬上了担架。我到底还是要死了吗？但是，卡车拉着我去的不是丛林深处，而是海边。我和其他伤员一起被送上轮船，目的地既不是前线，也不是坟场。精神状态好些的男人们似乎对此感到非常高兴。是的，这肯定是可喜的事情。

不过，我现在却不知该对什么做何感想。高兴是怎样的心情呢？高兴和可喜有什么不同呢？

曾经有过的脚没了，也就是说我失去了原有的脚。身体像忽然想起似的，时而疼痛，时而奇痒，时而发热，时而发冷。仅此而已，我对此不能有任何想法。好像有人停止了呼吸，夜里响起了送葬的号声。我不能像以前那样跳跃了吗？不能像以前那样奔跑了吗？不，甚至已经不能像以前那样行走了吧。不过，那也是仅此而已。即便不能像以前那样行走，对此也不能有任何感受，不能有任何想法。

# 第五章　追寻

## 二〇〇六年

宫原玲出版首部纪实文学作品是在二〇〇六年的秋天。那本《学校是什么样的地方？》采用了适合小学高年级学生阅读的文体，其中有来自印度、尼泊尔、老挝、柬埔寨、巴基斯坦的七岁到十五岁的孩子登场。有的学校远到遥不可及，有的不得不帮助家长干活儿以维持生计，有的家长固守女孩没必要受教育的传统观念……，孩子们失学的原因多种多样。令美野里惊讶的是一个巴基斯坦女孩儿的情况——她在上学途中会受到骚扰，以致难以到校上课。

巴基斯坦本来就是男性地位高的社会，而在那个女孩儿生活的村镇，女性没必要受教育的观点更是根深蒂固。巴基斯坦的学校里都是男女分班，但那个村镇学校不够用，就按上午男生下午女生这样交替上课。虽然那个女孩儿的父母并不反对女儿上学，但女孩儿的周围没有其他上学的女生，因此去学校必须独自走到某个地点。在这个村镇，女性单独上街都很少见，更别说这个独自上学的女孩儿了，不仅是男孩儿，就连大人都会来骚扰她。女孩儿就因此而辍学了。

不过，到了第二年，该地域的非政府组织有所行动，开通了女生专用的校车。从照片上看，与其说是校车，不如说是破旧的面包车，不过好歹算是解决了女孩儿上学的问题。但是……，还有别的问题，在那所小学里，只有男厕所，而设有隔断的厕位少之又少。女生在课间要么忍住不去厕所，要么只能使用为数很少的厕位。有的女孩儿在来初潮后就因厕所问题不再去学校了。后来得以正常上学的那个女孩儿最终顺利毕业了吗？……到此为止的描写中绝对没有悲情色彩，而是穿插着幽默的表述，美野里边读，边对成年人对女生的骚扰和厕所问题感到惊讶。事情今后将怎样发展？那个女孩儿能继续平安地上学吗？美野里像读小说般胆战心惊。

提议为庆祝宫原玲首次出版图书而重聚的是睦美。以大学毕业后在非政府组织就业的睦美，与美野里同届毕业且现在在信用卡公司工作的迫田实惠，以及美野里三人为核心，曾经的社团伙伴们又取得了联系。

在二〇〇六年圣诞节前，将举办同窗会、忘年会暨宫原玲首次出版图书庆祝会。近三十人回复说想参加，于是他们取消了当初预订的居酒屋，包租了一家常被用于举行活动的小巧精致的意大利菜馆。

由于"麦之会"本身就是由来自多所大学的学生组成的社团，各自的专业方向也不同，所以他们毕业后的去向也很分散。

毕业之后，虽然特别亲密的伙伴之间也常见面喝酒，但举行近三十人的聚会，从美野里毕业以来，还是第一次。美野里和睦美担任接待，在门口收取会费并核对名单。参会者在门口碰面时相互打招呼，还跟做接待的两个人搭话。

"哎哟！好亲切！"

"现在在做什么？"

"你是多田吧？好久不见！"

"睦美还没毕业吗？"

美野里顾不上和他们多聊，接过会费后在名单上打钩，然后领他们去存衣处。

酒会从原社团代表泽和彦致辞开始，由于人还没到齐，美野里就同睦美仍坐在接待席，听着从麦克风传出的讲话声。

"玲以前挺敬慕泽和彦学长的吧？"睦美一边把一千日元的纸币分成十张一沓，一边说道。

"好像因为他去广播电台就业了，所以玲就任性地感到失望……不过，大家都顺利地找到了工作，什么就业冰河期之类的，感觉都是没影儿的事儿啦！"美野里一边喝着今天担任主持人的实惠送来的香槟酒，一边说道。

"哦，远藤学长。"睦美说道。

美野里抬起头来，只见店门大开，远藤翔太带着一股寒风进来了。翔太看到美野里和睦美，就举起一只手说："你们好啊。"会场发言似乎已全部结束，传来干杯的呼声，紧接着掌声响起。

"我也得交会费吗？而且，为什么只为玲庆贺啊？那也算是我的书嘛！"翔太笑着说道，随即递给美野里八千日元会费。

"还是那么小气啊，学长！"睦美挖苦道。

"烦人！"翔太笑着朝会场走去。

由翔太为宫原玲的出道作品《学校是什么样的地方？》拍摄照片，是源自美野里的提议。

在这本书中，宫原玲采访了来自印度、尼泊尔、老挝、柬埔寨、巴基斯坦的共十名失学儿童，其中两名是在二〇〇一年"麦之会"的研学旅行时遇到的尼泊尔儿童。她同睦美、美野里三人去尼泊尔旅行之后，宫原玲获得了某文化财团主办的策划奖。她在大家纷纷确定了就业单位的大四那年的暑假，使用那笔奖金独自重访尼泊尔，再次采访了失学儿童。按照奖项的规程，她把此行的体验整理成报告，临毕业时在财团举办的活动中发表，那篇报告就是本书的雏形。其后，她在担任奖项评委的纪实文学作家的推荐下去了通讯社就业，从四月开始，被分配去了富山县支局。

美野里隐约感到，虽然宫原玲自己并未说过，但她在忙于准备就业和毕业论文时，还特意去投稿，可能是出于对抗翔太的心理。因为翔太身处美国时，在震惊世界的恐怖袭击事件的现场拍到了照片，向杂志社投稿后得到了实名登载，还被大家称赞"好厉害"。可是，无论出于何种动机，总之，宫原玲的创意策划使她成功地获得了奖项。不仅如此，甚至还凭借一名评委的推荐就确定了就业单位。在美野里看来，宫原玲是个具备特质的人物。

在二〇〇一年偶然拍到的纽约恐怖袭击的现场照片登上杂志后，远藤翔太就不怎么参加"麦之会"的活动了。虽然尚未发展到大学中辍，但是到了大四，他已开始逐步从事自由撰稿人兼摄影师的工作了。当时美野里虽未像自己希望的那样与翔太发展到恋人关系，但偶尔会由翔太主动联系，两人或加上宫原玲三人去喝酒。毕业后，宫原玲去了富山县，只有美野里和翔太两人见面的机会增多，美野里再次希望自己和翔太之间的距离能够缩短。但美野里最终得出结论：比起自己主动接近翔太，不如就这样作为酒友接触更好，于是两人继续以朋友相待。

翔太大学毕业后没去就职，借助在出版社和广告代理公司工作的前辈和朋友的门路继续做事。从商品广告到美食信息以及公司宣传册，翔太承接各种类型的业务。他对美野里说："不管怎样，先通过尽量多揽活儿来提高技术水平，将来再向摄影记者的方向发展。"

美野里毕业后，去了一家约有二十名员工的小出版社工作。她向三十多家公司投递了求职材料，得到录取的有两家。另一家主要经营地图相关的出版物，而美野里选定的这家出版社主要发行东南亚文学翻译作品。这家出版社的业务主要面向日本国内，还举办向缺少图书的学校和地域赠送附加外语译文的日本绘本和其他儿童书籍的活动。虽说是东南亚文学，但实际上美野里根本不清楚是怎么回事。不过，她觉得这种活动与自己四年来的努力似乎有关联，因而感到非常高兴。

虽然现在做的是见习编辑和举办活动等杂务工作，但美野里将来还想在这家出版社从事新的工作。就像她曾在尼泊尔的客栈天台上说过的，她想找到某种方法，让自己的"日常"与完全不同的某个人的"日常"之间建立联系。但是，就像当时那样，她依然不清楚具体该做什么。

她听宫原玲提到想撰写以失学儿童为题材的书籍，是在二〇〇四年即将结束的时候。宫原玲辞掉难得入职且未满两年的通讯社的工作，回到东京后，同阔别多日的美野里见面。

"据说我得以现职在各地方支局轮岗四五年，这是惯例。因为我不能再拖延自己想做的事了，所以当机立断选择了辞职。"宫原玲笑着说道。

她想做的事，就是撰写面向少年儿童的纪实文学作品。

美野里虽然觉得善于当机立断确实是宫原玲的风

格，但还是惊讶不已。不过，在追加了几杯啤酒之后，宫原玲断断续续地讲起了她受到那位推荐她进通讯社的纪实文学作家的鼓动——既然有自己想做的事，就不必顾及我给你介绍工作的恩义，应该趁年轻果断行动。自己囫囵吞枣地理解了那些话并辞掉了工作，以使用那项奖金撰写的报告为基础，以失学儿童为主题去各国考察，还制定了今后取材的步骤。

"该怎样向出版社提交书稿呢？"宫原玲问美野里。

请那位纪实文学作家推荐如何？美野里忍住没说出这话，却向宫原玲提议让翔太拍些照片。对那些可能是年长者轻率说出的话信以为真，以难以置信的行动力勇往直前，美野里开始明白宫原玲就是这样的人。而且，她虽然对别人的话信以为真，却并不会依赖他们的助力而行动，丝毫没有小算盘，这也是宫原玲。

美野里提到翔太的名字，是因为翔太虽然说过将来要当摄影记者，可他似乎和宫原玲一样还不清楚想做什么、具体该怎么做。而且，如果宫原玲真像自己推测的那样对翔太怀有对抗心理的话，两人或许会相互产生良性刺激。另外，如果自己能担任该书的编辑并使该书得以出版，那就又组成了"文殊智慧三人组"。美野里确实产生过这种梦幻般的想法。

对于美野里的这个提议，宫原玲最初并未和颜悦色地接受。她说："翔太是自我中心主义者，所以合作不会顺利。用我拍的照片就足够了吧。"

但是，美野里少见地提出自己的主张："面向少儿的书籍需要有更适当的视觉效果，否则难以给读者留下深刻印象，翔太比玲的摄影水平高。"提出这个主张，她感觉自己似乎也参与了宫原玲这本书的策划。

不知那两人达成了怎样的共识，最后决定由翔太拍摄照片。好像并不是每次都由两人共同采访，美野里也曾听到两人各自发牢骚。三人一起喝酒时，两人时不时地会因为美野里不知道的事情争论起来。在美野里看来，这些都是好朋友坦诚相见的表现。她还曾问过宫原玲："你们真的在交往吗？"

"不可能，那种自我中心男！我们除了采访都是各自行动！"宫原玲回答道，接着还惊讶地说，"高中生才会这样问。不，初中生？"

美野里也就没能进一步询问，不过她觉得翔太可能喜欢宫原玲。

美野里梦想的三人共同策划出版没能实现。美野里不仅向顶头上司，还向总经理推荐了宫原玲的书，但由于公司太小，策划方案未能通过。总经理向美野里介绍了几家出版社，最后经过宫原玲的毛遂自荐，一家以少儿书籍为主营业务的出版社决定出版。虽然那么快就确定出版非常罕见，但对美野里来说，就连这种幸运都已没什么不可思议的了。从某处毫不含糊地捡来幸运，却对这种幸运毫无意识，最大限度地发挥自己的能力——这就是宫原玲。

在商定的日子里，美野里和宫原玲、翔太三人去一家比平时稍稍高级的居酒屋举杯共庆。虽然美野里未能参与合作，但事实上，宫原玲的书按照她的提议，采用了翔太拍摄的照片并成功出版，仍使她欣喜万分。

在做这次的庆祝会的接待工作的过程中，她仔细地回忆了这件事。

参会者名单中的空格里全都打上了"√"号后,美野里就同睦美一起整理好接待台,来到了会场。她们端盘从餐台上选取自助式餐食,坐在空座上开始用餐。这时,学长和同伴打着招呼从身旁经过。感觉大家好像就在前不久还一起举办夏令营、为社团活动四处奔忙,可实际上已经阔别已久。不过,所有人看上去都没有太大变化。

"辛苦了!"市子端着红酒杯加入美野里和睦美的餐桌,"大家都和大学时代没什么变化,不过因为这家餐馆级别稍高,还是感觉长岁数啦!"

"倒也没有多高级嘛!"美野里笑了。

市子比美野里她们早毕业,在世界各地旅行了两年左右。她在回国后与美野里取得了联系,其后两人聚餐聚过两三次。市子旅行去的多为发展中国家,就像是以前社团旅行的延续。被问到旅行的目的时,市子回答说:"向社会学习。"两年前,回国后的她在食品公司就业,目前住在世田谷区私铁沿线的公寓里。

"睦美也毕业了吗?"市子问道。

正在吃意面的睦美抬起头来。

"大家都这样问,我看起来真有那么青春年少吗?"

"睦美是那个啊,就是最正统派!因为你是在非政府组织工作嘛!"美野里说道。

"哦?是这样啊!睦美在那里做什么呢?"

"目前是在广宣部,制作面向会员的会刊,策划各种活动。再过段时间,我也可以外出考察了。"睦美高兴地答道,"可能因为做的事情和大学时代相同,所以显得比大家都年轻。哈哈!"睦美开玩笑地说道。

"市子学姐,你读过玲的书吗?"美野里问道。

"当然。我想起来那个了。什么来着……就像玲五郎的感想那种,不是在活动报告上写过吗?可为什么是面向少儿的呢?"市子说道。

美野里发现自己从未考虑过为什么。

播放的音乐停止,音箱里传出杂音,接着响起迫田实惠的声音:"话筒有声音吗?现在请本次聚会的第二主角远藤翔太致辞。远藤君,在吗?"

远藤翔太穿过围拢的人群,站在相当于讲台的墙边。掌声扩散开去，还响起了起哄的怪叫声。

"我是第二主角吗？收会费时可没打折扣啊！我明明是个自由职业人嘛！哦，如今叫'尼特族'是吧？"翔太说道，笑声响起，"凭着过去的友情得到图片摄影的差事，感谢'麦之会'。我想，看到这本书中的图片就能明白，我做什么事都会全力以赴。请哪位再帮我找活儿干。哦……，此处应有笑声。"翔太腼腆地说完，把话筒交还给了实惠。

"最后是宫原玲致辞。"

宫原玲接过话筒，站在墙边。她仍像初次见面时那样留着短发，穿着裤装。

"今天谢谢大家了。"她说完深深鞠躬。掌声响起。

"那个……"宫原玲难为情似的开口了。

"别紧张。""忸忸怩怩不像样嘛。"有人起哄道。

"加入'麦之会'后，我对外面的世界开始产生了浓厚的兴趣。遇见泽和彦学长和其他同伴，在他们的引领下……"

"就是在泽学长的招募下加入的呀！""还没放弃泽

和彦吗？"人群中又响起调侃声。

"我等着呢！"连泽和彦本人都凑热闹地喊了起来。宫原玲毫不在意，继续讲述。

"这本书也是以研学旅行的体验为基础，拟定策划案并获得财团的奖金赞助而写出的。也许在'麦之会'的各位看来，好像我做事只是随波逐流。实际上我确实有把别人说的话囫囵吞枣地理解并随波逐流的倾向，但我想当记者的目标从未改变。我从上小学时起，就是个一受到表扬就乘势而行的孩子，不用自己的头脑思考，只是把别人的看法复制粘贴并当作正义。我是怀着鞭策那时的自己'读读这个'的心情编写了这本书。这是以'麦之会'为机缘诞生的书，能得到大家的祝贺，我感到无比高兴。"宫原玲深深鞠躬，会场内再次响起掌声。

"不是说有人向她建议过做面向少儿的书吗？"美野里旁边的市子笑着说道。

"尽管如此，毕竟成功出版了这本书，玲还是厉害！"美野里说道。

"那好，祝大家新年快乐！"迫田实惠说道。不知是第几次掌声扩散开来。

那天，因为官原玲说要请客致谢，美野里、实惠、睦美、翔太和她五人接着举行了二次聚会。他们去了在大学时代常去的那种连锁居酒屋。

"下一本书也开始构思了吗？"实惠问道。

"我也能熟练地拍照片了，所以目前只确定了不再依靠翔太。"官原玲用不知是真心还是开玩笑的语气说道。

"怎么这样？"翔太噘起嘴来。

"不过，这次出书真心感谢你。美野里曾说过，面向少儿的书籍，要有适当的视觉效果才能给读者留下深刻印象，确实如此！

"如果何时能在美野里学姐的单位出版书，就更有意思啦！我们那里也能协助，虽然主要是做亚洲方面，但与各地的行政部门和民间团体都有联系。"睦美说道。

"这是'麦之会'的雄心壮志，大家联手走上社会。"美野里说道。

"嗯,我也想加入。做什么好呢?哦,让玲名气更大些,然后请她出演信用卡的广告片。不过,大家有信用卡吗?"实惠说道。

"讨厌,讨厌,动不动就想凭着老交情黏在一起。"翔太说道。

"啊?凭着老交情才得到关照的翔太居然说出这种话呀?"实惠反唇相讥,引得大家发笑。

"其实真的还不清楚下一步想做什么呢。"从居酒屋出来后,走在前往车站的路上,宫原玲向美野里说道。睦美、实惠和翔太走在她俩前面不远处,行道树上挂着的金色灯饰在夜幕下显得光彩夺目。

"我还想去追踪报道此前采访过的孩子们。不过,如果有人叫我写其他喜欢的题材,就不一定了。"宫原玲说道,"现在离采写自己喜欢的题材这一条件还差得很远,所以这些都是不知深浅的奢望。"

"啊?是吗?"美野里问道。她以为宫原玲出版这本书后,接着还会采写自己喜欢的题材并编辑成书。

"不会那么乐观。"宫原玲拍拍美野里的肩膀笑了,"能不能拿到活儿干还不知道呢!能不能当上记者也不知道。"

"可是吧,玲刚才也说过,遇见各种人,不知会被引向何方。所以,玲就普普通通地做事,不好吗?"美野里是真心这么想的。

"这是什么话?那我不成了等着天降馅饼的人了吗?"宫原玲扫兴地说道。

美野里心想:不甘心当一个等着天降馅饼的人,这正是玲的非同寻常之处。但即使这样说,玲也未必能懂,于是美野里转换了话题。

"翔太怎么样呢?有没有明确想拍摄的题材呀?"

"翔太喜欢拍那种冲击力强的照片。即使是孩子们的照片,我也曾多次委托他只需截取日常生活场景,因为我想做得浅显易懂,像女孩儿带着难过的表情做家务之类的画面,可其实那只是因为行李太重而扭曲面孔的瞬间而已啦!本来多数场合是在咯咯地笑。但是,编辑总爱选用那些一目了然的照片。"

"啊？那，并非出于自己意愿的情况很多吗？那本书，你觉得不太满意？"

"倒也不至于。可我是初出茅庐的无名新手，所以不能随心所欲地去做。"

"就连玲也有那种情况吗？"

"什么叫'就连玲也有'？！"

"不好，末班车快开走了！"翔太回头喊了一声，向前跑去。

正如宫原玲自己所讲，虽然出版了第一本书，却并不等于下一笔业务会随之从天而降。虽然她常常应邀去小学、初中和图书馆参加活动，做关于世界各国儿童状况的演讲，但这些似乎并非宫原玲自己乐于去做的工作。她以出版该书为契机离家，开始独立生活，为赚取生活费，只要有委托，就什么业务都承接。不过，她说同时仍在自主创拟策划案并向出版社和通讯社自荐，但进展并不顺利。遭遇大地震的巴基斯坦小学怎么样了？其他国家的孩子们怎么样了？宫原玲抽出时间反复进行重访，但不知道能否完成续篇。

美野里进出版社已四年，由于没进新人，如今仍是底端员工。到去年为止，她为不出差错地完成指派工作而拼尽全力，现在渐渐能做到独立创拟策划案了。她自知这恐怕是受到宫原玲成功出版新书的刺激，自己虽不像宫原玲那样收获天降的幸运并能将其运用于工作之中，但觉得在目前的职场，也有虽小却力所能及的事情及能够逐步改变的事情。她自己也在有意识地学习亚洲文学，提出对此前未曾接触过的国家和地区的文学作品开展翻译和出版工作的策划案，以及策划与其他出版社和书店合办亚洲书籍展销会。她还利用连休假期和带薪假期，赶在书展期间前往书展所在地旅行。实际上，她与其说是作为编辑参观，不如说是作为普通观众参加。虽然完全不能购买翻译版权，但在现场见到了曾打过交道的翻译代理工作人员，并向对方请教了签约的流程。

美野里在个人层面的行动也很活跃。随着时间的推移，大学时代的夏令营和研学旅行的兴奋感鲜明复活，她开始查询是否有个人利用暑假和新年假期参团的志愿者旅行，并寻找能以某种援助形式参与的团体。

她这样做与其说是怀有使命感，不如说是不想把大学时代做过的事仅仅留在回忆中。

虽然未能如愿与翔太成为恋人，但美野里还是谈过两次恋爱。她受到同届毕业的早穗的邀请，参加了联谊会，认识了在某电子仪器制造公司工作的男子并开始与其交往，但只持续了不到半年。另外还通过业务关系，认识并接近过在出版社工作的男子，交往了一年左右，但对方总是忙得没时间见面。美野里觉得，如果按见面天数计算，实际交往时间恐怕连半年都没有。

美野里和在联谊会认识的第一个男子谈起大学时代的社团活动，听到"麦之会"的情况后，对方说："啊？美野里是个正经人啊！"不知什么原因，美野里对他的说法和评价心生恼怒，就不再提工作和志愿者旅行的事了。对于被看作是正经人，美野里内心抵触感很强。

但是，美野里遇见的多数男性对她此前涉及和今后仍想涉及的国家和当地生活不感兴趣。本来有关本公司进行绘本援助方面的事，两人应兴趣相投、话题相符才对，但美野里想，自己未必刻意按照工作性质去找恋人。

睦美有个从大学时代开始交往的恋人，而宫原玲的恋人也是换了好几个，现在则没有和任何男性交往。美野里推断睦美可能会在三十岁前结婚，但她本人却说没有结婚的意愿。近来，三人一旦聚会，就会有谁说："上了年纪后，大家就住在共享套房里一起过日子吧。"美野里虽然明白那是开玩笑，但心里觉得若真如此，倒也挺好。

美野里参加工作后，从国立市迁居到了永福町，清美也曾来过这里，但次数不多。此时他已不再突然造访，而总是由母亲先打电话通知："外公明天或后天要去东京，你方便吗？"美野里已习惯了不期而至的电话和交谈极少的相处时间，连绝不会交给恋人的备份钥匙也交给了清美。她有时会嘟囔几句："外公，我不和任何人结婚，将来也许会同朋友们住在一起生活。"而清美只是点点头说："是吗？"并不发表自己的看法。他已能熟练使用公寓里的狭小浴室，还能拄着拐杖慢慢走到车站。

美野里感到，在东京见到的清美和正月回家探亲时见到的清美像是不同的两个人。虽然哪个清美都沉默寡言，缺乏表情变化，具体有何不同难以言喻，但在东京的公寓里与自己围坐在餐桌前的清美比在老家的外公更亲切，这让美野里感到不可思议。虽然并非事实，但感觉像是两人共有某种秘密。同时，美野里还觉得产生这种感觉非常奇妙。

宫原玲说她想去约旦，是在二〇〇七年的秋天。在夏季结束时，作为志愿者参加了印度之旅的美野里很想向好友传达兴奋的心情，于是联系宫原玲和睦美说要送给她们旅行礼品，三人就在新宿的烤肉店里聚会了。

美野里参加的是六日游，住在德里，访问不同类型的孤儿院和妇女职业培训所。这次与大学时代的研学旅行不同，观光游览的时间较多，与其说是要为孤儿院和培训所提供某种帮助，不如说是参观的感觉。但即便如此，初次访问印度时看到的种种——难以置信的无序的喧闹、异常众多的乞讨者、走访过的规模差异巨大的孤儿院——都是美野里想讲述的内容。最重要的是，她此前一直只是在心里想要去，而这回才开始付诸行动。宫原玲和睦美都饶有兴趣地听着美野里的讲述，还连连赞叹"好厉害""真有意思"。美野里因此越讲越起劲，等回过神来，忽然感到有些难为情。

"不过这毕竟是旅游啊！只要报个名就能成行。像玲和睦美，才是行动力更强的人，说我好厉害，让我实在心里有愧啊！"美野里嘟嘟囔囔地说完，喝了口红酒。

"不过，就算是旅游，也和普通的走马观花不同嘛！说到孤儿院，有的居然像一座村庄那么大，有的地方竟缺少开放个人住宅的资金。这些我以前都不知道。"

"可能和尼泊尔完全不同吧。我经常听说，在印度疲于奔命的游客辗转到尼泊尔后，都会说那里是天堂。"

两人你一句我一句，美野里虽然惭愧不已，但还是深感欣慰。

"我们公司一直在做活动，给国内募集的日语绘本贴上对象国语言的译文，并寄送至图书匮乏的学校。可那也只能做既定的对象国和既定的语种译文啊！我想，将来要是能面向更多国家做这种活动就好了。"美野里兴致勃勃地说道，"虽然寻找翻译人员并不很难，但报酬却只有麻雀眼泪似的一点点。这是个问题吧？"

"不过，还是会有人赞同呢！在我们那里的援助者中，有很多以各种方式给予支持的文化人。"睦美说道。

设有阳台餐席的烤肉店，室内和阳台都已满座。笑声不时爆发，日籍工作人员用西班牙语喊出"晚上好""谢谢"。三人夹起西班牙烤饼和西班牙风味的蒜蓉虾吃了起来，还自斟自饮红酒。美野里的讲述告一段落，睦美和宫原玲讲了自己的近况。

在第一瓶红酒快喝完时，宫原玲说她打算去约旦。

她有个朋友在联合国儿童基金会工作，夏天被派驻到约旦事务所了，现在正在参与难民营的卫生管理和物资援助工作。宫原玲想在那位朋友驻外期间去一趟那里。

"那位朋友和'麦之会'相关？"美野里问道。

"是那个'他'吗？"睦美强加于人似的问道。

"这是什么话？"宫原玲皱起眉头，"既不是'麦之会'的人，也不是那个'他'！别总说得像是我追着喜欢的人跑嘛！"

"因为玲这种情况很多呀！"美野里这样说并非挖苦，她真心认为这是宫原玲了不起的优点。宫原玲像要打断美野里一般开始讲述。

"据那位朋友说，从去年起，到约旦难民营避难的伊拉克人迅速增加。因此，目前各国政府以及民间的援助团体都在着力进行难民营内部的整修。我以前去土耳其时，交了一个库尔德人朋友，回来后一直互通书信。那孩子读写都不太擅长，只是偶尔来信。他在最后一封信上说，要依靠亲戚回到伊拉克。这已是三年以前的事了，我偶尔想到那孩子是不是也去了约旦。

虽然不太可能见到，但我听说难民营里突击完成了学校和幼儿园工程，就想知道建成什么样子了。"

"你是想用那些材料编写第二本书吗？"美野里问道。

"写不写书暂且不论，先看看再说。"宫原玲用去涩谷新开的商厦逛一圈的语气说完，拿起空瓶，抬眼望着美野里和睦美问，"开第二瓶吗？"

"危险不危险啊？"睦美低头看着菜谱问道。

"约旦现在很安全。睦美，你还要吃点儿什么吗？"

"最后来点儿碳水化合物吧！服务员，点餐！"

美野里看到睦美举手招呼的姿态，想起了尼泊尔的饭馆。

"我也想去看看呢！那里会是什么样子呢？"美野里不由得说道。

"要去吗？'文殊智慧三人组'去约旦？"睦美笑了。

"'文殊智慧三人组'，好怀念啊！"宫原玲笑了。

追加的红酒送来了，还有海鲜烩饭。

"不过,既然大家都从事面向海外援助和教育的相关工作,要真能三人同去,就更有意思啦!还可以相约一起吃饭什么的。"宫原玲这样说,可能是因为酒至微醺了吧。

"'文殊智慧三人组'改成'说走就走组',在安曼集合吗?"睦美说完就笑,是因为仍在怀念那次尼泊尔之旅吧。

"我要不要正儿八经地调查一下呢?"美野里的自言自语并非是在开玩笑。

微醺薄醉会让人心胸豪迈,美野里希望再像尼泊尔研学旅行那样,踏上不同于观光旅游意义上的行程。她确实想去了解难民营是什么样的场所,还想尽已所能地提供援助。不过,究竟是出于那种类似因为朋友说要去涩谷的商厦就决定同去的轻率动机,还是真的怀有一定要探明某种状况的迫切的求知心理,美野里并没有更深入地思考。伊拉克战争在四年前爆发,可为什么从去年开始,逃往约旦的难民猛增?她对此一无所知,也从未思考过。她想:不明白的事情去当地看看就能明白吧。本来宫原玲也是像往常那样，并非经过深思熟虑才说要去约旦。假如那位在联合国儿童基金会工作的朋友被派驻苏丹，那她可能就会去苏丹。只要抵达目的地，看到想搞清的情况并了解清楚就够了，美野里就是这种想法。

当天回到家里，美野里立即在网络上查找有没有前往约旦的旅行团。她发现既有普通的观光旅游团，也有美野里参加过的那种研学旅行团，还有志愿者旅行团。好，那就去吧，美野里做出了决定。她对自己说："这可不是因为玲要去我才去，而是因为想探明某种状况，想从目前所在之处前往更远的远方。"

## 二〇一九年

即使那个凉花是外公的朋友的女儿或熟人，美野里对残奥会也提不起兴趣。但是因为不想对小陆毁约，所以她做了很多调查。残奥会预定从二〇二〇年八月下旬开始。

名叫持丸凉花的女子是跳高选手。今年的六月和七月将在国内举行残疾人田径运动会，十一月在海外还有世界级的残疾人运动会。她如果能在今年到明年的国内赛事中名列前茅，或在国际赛事中进入前三名，或在正式比赛中获得优异成绩并得到国际残疾人奥林匹克委员会的推荐，就能获得残奥会的参赛资格。

美野里在随机搜索陌生领域的过程中得知，持丸凉花已经入选参加这次世界级残疾人运动会的国家队。据说要在今年的八月初进行第一次公布。"噢！太棒了！"美野里禁不住在心里欢呼道。只要这次进入前三名，她就能获得残奥会的参赛权。

到了九月，美野里从嫂子由利发来的邮件中得知，小陆每周会去学校两三次。由利还说，这肯定是因为东京之行使小陆的心情好转，得感谢美野里。而美野里给小陆发信息时，并没过问任何学校的相关情况，只是告诉他持丸凉花将参加世界级的残疾人运动会，请他等待结果公布。

从山下亭回家途中，美野里在电车上查看手机，只见有小陆发来的信息。

小陆：天大的好消息！想听吗？

　　然后是漫画角色双手捂嘴笑的表情。接到信息的时间是下午四点多，美野里还在店里工作。

　　美野里：想听呀！什么事情？

　　美野里回复道。
　　屏幕显示"已读"，但回复迟迟不来，在换乘电车时，美野里终于看到了回复。

　　小陆：好半天不见回复，还以为你不想听。那个，持丸凉花也许要来高松市呢！
　　美野里：啊？真的？为什么？去见你曾外公？

　　美野里看到信息，就像听见了小陆的声音一样，她左手抓住扶杆，右手操作手机回复。

小陆：这里不是有一个体育场吗？据说，从九月底开始，会有很多残奥会田径选手来此集训。他们就在这个体育场里练习，为参加世界级的残疾人运动会进行强化训练，那个凉花作为国家队选手也会来吧。哎呀，到底还是要去上学呀！

虽然用的是默认字体，但仍感觉仿佛从字面上传来了小陆尚未降温的兴奋感。

美野里：什么？和学校有关？

小陆：这是学校转达的消息，我们学校安排学生去参观。不知能不能见到她。

美野里：哦？太棒了！能见到吧。哦，你和你曾外公说这事儿了吗？

小陆：还没说，因为还没正式公布参加集训的选手名单。

美野里：不过，凉花会来的吧。我也再查查，如果有什么新消息，你就告诉我。

小陆：好的。

小陆立刻做出回复。美野里继续操作手机，查看邮件和社交网站。她忽然抬头一看，只见面前坐着的乘客和两边的乘客都在摆弄自己的手机。车窗外夜幕已经降临，霓虹灯招牌和楼宇的灯光在向后流动。她与车窗玻璃映出的呆立的自己目光相对后，再次把视线落在手机上。

美野里：那个，集训时，普通人可以参观吗？

美野里输入后迟疑了片刻，还是发给了小陆。

小陆：不知道。那我问问老师吧。

小陆回复道。

美野里：如果……

美野里刚开始输入，突然就停下手来。要去看吗？忐忑不安的声音在心中回响。那个凉花参加集训时，自己和小陆见到她，了解到清美和她是如何相识的之后，要怎么办呢？要做什么呢？了解情况后，会不会对谁造成伤害或引起谁的反感呢？

但是，她又像毫不在乎心中回响的声音般，输入信息并发送。

美野里：如果普通人也可以参观的话，我也想去呢！

美野里周四请了假，加上周三的定期休假，安排了两天一夜的回乡探亲。小陆他们在田径选手们入驻高松市的当天就已参观过了。据小陆所说，他们没有参观比赛，而是聆听轮椅马拉松选手和视障跳远选手的讲述，并体验轮椅车竞速和蒙眼循声跳远，与其说是参观，不如说是体验式讲座。因此，他没机会接触其他选手，也没能向工作人员确认参赛选手的姓名，不知道持丸凉花这个人有没有来。小陆还说，因为这是公开训练，所以公众可以进入体育场二层的观众席。

小陆说，他已告诉清美残奥会选手在附近集训。清美回答："哦，是吗？"

小陆索性说道："曾外公的熟人也许来了，去看看吧。"

清美说："不，去那地方太累啦！"

"我姑姑也要来，不会太累。坐出租车嗖的一下就到了。"小陆紧咬不放，但清美反复说"太累"，小陆就不再劝了。

美野里看了小陆发来的信息，打算周三去参观，如有可能，就向工作人员或什么人打听一下，确认下持丸凉花选手是否参加集训，能不能参观她的训练。如果她确实来了并知道了她的训练时间，美野里也会尝试着再劝劝清美。她向小陆发出这个提议，得到的回复是"就这样吧"。

美野里曾在小学参加活动时去过那个体育场，但已没什么记忆了。她从机场乘大巴到高松站，再从那里换乘电车。

看到完全陌生的建筑，美野里意识到体育场近年进行过全面改造。她顺着指示入口的手写的贴纸向前走，登上外侧台阶，来到接待处的长桌前，只见上面杂乱地摆着名单、材料、记者证、塑料瓶。虽然接待处没人，但在入口附近，有几个身穿尼龙布套装的人正在进行什么作业。

"打扰一下！"美野里招呼一声，在场的人们都看着她。

"你是要采访吗？"有个年轻女子出来问道。

"不是。那个……我想参观。"美野里答道。

"哦，参观。请吧，请吧，随意找个位置。"那个女子笑着说完就要离开。看样子不必登记，可以自由出入。

"只能在观众席参观吗？"

"哦，哪里都行。只要不妨碍训练，到场地上也可以。在哪里看都可以啦！"

身穿尼龙布套装的人们正在打开放在通道上的纸箱，查看里面的东西。

"请问，参加集训的选手，能知道吗？"美野里问道。

"啊？"

"参加者有谁……。哦，我想知道跳高的持丸凉花选手来没来。"美野里问道。

"哦，对不起，参加集训的选手我们不了解，我们只是来帮忙的。"那个女子抱歉地说道。

"哪里的话，谢谢你。"美野里道过谢就向入口走去。

刚进入口，就有通往观众席的门洞，前方呈现闪着光的四方形。美野里像被田径场的亮光诱导般穿过门洞，不由得"哇"地喊出声来。下方展现出被太阳晒得发白的田径场，由一圈蓝色跑道镶边。头顶是毫无遮挡的碧空，在体育场对面可见翠绿覆盖的群山。虽然是改造之后第一次来访，但她心中却产生了亲切感，这让她困惑不已。就是这片天空吗？美野里仰望万里无云的碧空。自己曾面对这片天空感到憋屈，现在却感到亲切吗？想到这里，她觉得曾对如此宽广的天空感到憋屈的自己太不可思议了。

美野里把视线移向田径场，只见有轮椅车在蓝色跑道上飞驰。她的视线被紧紧吸引，从未见过的轮椅车在眼前疾驰而过，车后端是呈八字形的黑色双轮，前端还有一个车轮。戴着安全头盔的选手们上身前屈，大幅挥舞双臂转动车轮，迅猛飞驰。在他们冲过终点后，下一组选手出发。美野里被那种威猛气势惊得目瞪口呆，只顾追视飞驰而过的轮椅。

在跑道这边，观众席下方附近，有块像是跳远用的长方形沙坑。田赛场上设有跳高横杆和跳高垫，远处有选手正在投掷铅球。在看台前的跑道上，选手们边谈笑边做拉伸运动。美野里把目光聚焦到田赛场上。从相反一侧的看台下走出一群选手，随即各自开始做热身运动。美野里是初次见到他们穿的假肢，但一看便知是运动专用的板簧状假肢。

在看台上也有像美野里这样来参观的人，但数量较少。好像还有媒体方面的人，端着相机。

结束热身运动的那群选手和教练模样的人一同朝这边走来。在美野里所在位置下方，他们开始跳远练习。那种像是运动专用的假肢下部呈板簧状，还有的选手装着假肢手臂。

过了片刻，练习开始。

听到起跑的哨声，穿着假肢的女子在助跑道上轻快地奔跑，从起跳踏板上腾空跃起后落在沙坑里。教练从沙坑对面走过来，边做动作边讲解什么，另一个人平整沙坑。接下来，一个身材矮小的女子开始助跑，跃起。后面那个女子的假肢不是板簧状，而是更细的管簧状。美野里由此得知，运动专用假肢也有很多种类。那个女选手风驰电掣般地飞奔过来，身体忽地翩然飘起，在空中把双脚向前并拢着地。这是空中翱翔吗？美野里不由得在心中赞叹道。

不知何时，轮椅车短距离竞速已经结束，留在跑道上的是两人一组的选手们，有人还戴着眼罩。他们分三组站在起跑线上，一声哨响后发起冲刺。美野里是第一次见到，但立刻明白这是视障选手和陪跑员共同完成的竞赛。有一组选手在全力冲刺时摔倒了，美野里禁不住惊呼一声。由于处在冲刺阶段，所以看上去两人摔得很重。但是，他们却像什么都没发生似的，立刻起身继续奔跑。

在十九年前，美野里和祖父一起在电视中看到残奥会摘编报道时，也曾惊讶不已，可那只是短短几分钟，后来也没仔细查询究竟是怎样的竞赛项目。在大学时代和毕业后参加的研学旅行中，她曾去过为残障儿童和成年人开办的职业培训所，但从未见过残障人士进行竞赛活动。现在，她的目光被田赛场上进行的项目紧紧地吸引住了。

美野里忽然回过神来，看到在跳高器材周围聚集了一群选手，她为了仔细观看，就走得更近些。选手们在空跑道上各自进行助跑和跳跃的练习，然后依次在横杆前做跳跃动作，或从横杆下的起跳点开始量助跑步幅。

过了一阵，他们三人一组，左右分开。工作人员逐步改变横杆高度，体格强壮的男选手从横杆的右侧助跑并轻松跃过。当然，横杆并不是很高。同样的高度，在左右两侧准备好的选手都轻松跃过。横杆节节升高。

当最先试跳的男子跃过相当高的横杆时，美野里又不禁发出轻微的惊呼声。因为她看到，选手助跑踏跳后跃起的身体做出波浪形屈伸，毫无声息地在横杆上方画出优美的弧线。选手双脚描出曲线，越过横杆，仿佛只有那个瞬间变成慢镜头留在眼底。

其他选手也陆续试跳，但此时碰落横杆的人越来越多。在那些不知姓名的选手跃起的瞬间，美野里都会在心中祈祷：别落杆，别落杆！

美野里凝眸细看，在选手中寻找持丸凉花，会不会是坐在场地上和其他选手交谈的那个人呢？她一边回想在网页上看过的照片，一边推测。有一个女选手穿着T恤衫和短裤，右腿下段穿着板簧状假肢。

当横杆抬升大约五次之后，又换了一批试跳选手。美野里虽然不知道那个是不是持丸凉花本人，但还是等待她上场。

终于轮到她了,她和其他选手在横杆右方等待。选手们再次从较低高度开始依次试跳,画出半圆形弧线助跑并嗖地跃起。在横杆较低时,选手们都是身体侧对着横杆起跳,当横杆升至某个高度时,就转为背对横杆起跳。如果说刚才男选手的动作像波浪,那么可能是凉花的那个女子则宛如丝带般翩然飘舞在空中,背画出弧线越过横杆。

不知为何,当她用那只健全的脚踏跳后翩然跃起时,美野里忽然想起十八岁的自己离开这座城市时的心情,就是呼喊"我要出去了"的那种心情。

本来看似跳得干净利落,可横杆却晃晃悠悠,在她落垫之前就先掉杆了。她起身从垫子上下来,然后挠着脑袋使劲跺脚。有几个选手笑了起来,看样子她是故意夸张地表示懊恼。

美野里等着她再次试跳。在横杆前等候的选手们依次跳过之后,工作人员继续抬升横杆。

该她试跳了。只见她忽地踮起脚跟几厘米,憋足力气，随即开始助跑，冲到横杆前，然后左脚猛蹬地面，身体翩然腾空。

天空在她眼中是什么样子的呢？美野里想到这里，幡然醒悟自己刚才为什么会想起从这座城市出去时的自己。是天空！在飞机朝东京起飞时，美野里体验到了冲破原以为会封闭自己的那片天空的感觉。自己好像无意识地把轻盈跳跃的她所看到的天空与那时从飞机舷窗看到的天空重叠在了一起。

她的背顺滑地飞越横杆。美野里心里默念别落杆，横杆没动。她从垫子上抬头确认后，夸张地摆出握拳挥臂的动作，然后在垫子上蹦蹦跳跳。

看样子全体选手练习完毕，都和教练们一起离开了田赛场。美野里转头一看，跳远和双人短跑的练习也已结束，约二十名选手在跑道上以各自不同的速度奔跑。

"姑姑！"美野里听到招呼声后回头一看，是身穿卫衣和牛仔裤的小陆。她看看腕表，已是下午四点多，太阳也已偏西。眼前的群山仿佛撒上了金粉，变成黄灿灿的颜色。

"哦，跳高练习刚刚结束。"

"真的？太遗憾啦！那个叫凉花的人在吗？"

"我感觉有个人很像她！"

"哎哟，我真想看看呀！要是不去上学就好了。"小陆说道。

"不，学还是要上的嘛！"美野里慌忙说道，"不过，从各个方面来说，感觉他们都很棒啊！"美野里还不能用准确的语言表达。

"我们参观时还亲身体验过呢！我蒙上眼罩，听到被称作'召唤员'的人击掌后，就开始助跑跳远。蒙眼跑太恐怖了，起跳更恐怖，但看选手们跑跑跳跳都那么轻松自如。"小陆凝望着田赛场说道。

虽然不知能否见到选手们，但美野里和小陆还是走下看台，来到一层。通道里有很多人，选手们在沿通道的房间进进出出，穿尼龙布套装的人们也匆匆忙忙地在通道上来来往往。有些人坐在竞技轮椅上，有些人围坐成一圈，还有一群人走出了体育场大门。

美野里走到最近的女子身边，打了个招呼。

"那个……打扰一下，我是来参观的，可以见见选手吗？"

身穿黑色运动衫的女子毫不迟疑地问美野里和小陆："要见哪一位呀？"

"我不知她来没来参加，就是跳高的持丸凉花女士……"

"您稍等啊！"她说完一边呼唤"坂上"，一边朝通道里边的房间走去。

过了片刻，她出来说："听说跳高选手们已经离开了。那个姓持丸的女士来参加了。"

美野里和小陆对视了一下。

"谢谢你。"美野里点头说道，小陆也跟着点头致谢。

"不管怎样，今天我试着问问曾外公吧！那个也许是他朋友的人来了，问问他要不要去看她训练。"美野里边说边和小陆一同走出体育场的大门。

"要是曾外公嫌太累，不想去呢？"

"那就不劝了。我觉得如果那样的话,他就是不想去。"

"要是那样就没办法啦!"小陆点了点头。

"小陆,接下来怎么办?去你曾外公家,还是回家?"美野里问道。

小陆说要回家,于是两人一起乘电车返回JR车站,在那里分别返回了自己家。

母亲把外公外婆那份晚餐递给美野里。

"不过啊,你今年多次回娘家,是不是和寿士之间有什么不愉快的事啊?"母亲低声问道。

"没有,没有。我已经告诉过他我要来参观田径选手的集训。"美野里笑着说道,然后把饭菜放在托盘上走出家门。

"我把饭菜送来了。"美野里边说边走进外公家。从客厅传出电视机的巨大音响,美野里沿着昏暗的走廊来到客厅。祖母正把仙贝饼干和什么书籍挪到一边,擦着桌面,美野里把盛着煮鱼、煮菠菜和撒着鱼松的煮南瓜的盘子摆好。

"哦，谢谢啦！你外公会在那边吃吧？"

"我去问问。"美野里来到亮着灯的外公的房间，清美在床上撑起上半身，把朦胧的目光投向美野里。

"端过来吗？"

"不，我过去吧！"清美说着要自己下床。美野里刚要准备轮椅，清美说："拐棍，拐棍。"美野里扶着清美下床站好，把倒在地板上的拐杖递给他。

清美把拐杖靠在茶柜边，坐在餐桌旁的椅子上，美野里从外婆笛子手中接过准备好的米饭和味噌汤，摆上餐桌。全都摆好后，又从冰箱里取出罐装啤酒。

"我喝点儿啤酒，外公外婆喝吗？"

"喝。"清美说道。

"不要。"笛子说道。

美野里给自己和清美拿来酒杯并倒上啤酒，出于习惯正要碰杯，可清美却已经把酒杯端到嘴边开始喝了。

吃完饭后，清美和笛子继续看电视，由于难以判断外婆是否了解凉花的事情，所以美野里不好开口提此事。于是，她在洗碗池边清洗餐具，清理洗碗池，擦净脏污的煤气灶。

清美终于说了声："那，我去睡了。"然后起身挂着拐杖去了走廊，美野里慌忙追过去。清美上过厕所，在洗脸间洗了脸后就回到了自己的房间。美野里一边帮清美躺在床上，一边说："外公可能听小陆说过，残奥会选手现在正在集训呢！今天我也去看过了，是外公熟人的女儿？我不太了解，那个叫凉花的人也来了。哎，明天不去看看吗？"

"嗯……"清美发出了能听见的声音。

"凉花……"清美重复道，"赛跑了吗？"

"那个人不是赛跑，像是跳高选手！"

"跳高吗？"

"那个人是外公的什么熟人？她还很年轻呢！外公和那个人的父母或者谁是朋友吗？"

清美面朝天花板，嘴里咕咕哝哝，美野里以为他依旧不会回答，刚要作罢。

"倒是也认识她父母，但已经很久没见，长相都记不清了。"清美嗓音嘶哑地嘟囔道。

"外公和她的家人关系都很好？"

"倒也算不上很好，已经太久没见面了。"清美重复说道。

"外公的身体看来还不错，明天一起去看看吧？时隔多年见个面吧？凉花的父母会不会也来了呢？"美野里避免过度纠缠地劝说道。

"是啊！"清美微微地频频点头，随即闭上了眼睛。

"啊？去吗？真的去吗？那我问问克宏舅舅或嘉树能不能开车去吧！即使不能开车，坐出租车也很快就到，我一个人也能招呼。那就去吧？明天去吧？"

清美仍闭着眼睛又微微地频频点头，忽然漏出一口气笑了。

"我关灯啦！"美野里说着，关上灯走出房间。

"外婆，晚安！"美野里说完就跑出外公家，她想尽快告诉小陆。

第二天，美野里吃完午饭，准备和清美出发。如果店里清闲，克宏舅舅的儿子——美野里的表兄嘉树——就能开车去。但估计最近店里根本不会清闲，美野里告诉小陆大概要坐出租车去。她通知小陆放学后就去体育场,但又想说不定小陆过午就会请假或溜出来过去。

第二天早上,美野里八点多就来到蓬莱屋前排队了,但二十分钟后才得以进入店内。她点了餐,在柜台端了乌冬面和炸豆皮寿司,四个月前就在这里的打工仔说:"葱花和姜末在那边,请随意取。"

"她是家里人!"容子舅妈仍像上次一样笑着说道。

美野里坐在空座上,开始吸溜着吃面条,刚才就坐在斜前方的女顾客端起吃完面条的碗,东张西望地找到回收餐具的窗口,就走了过去。

"请问,那个……有位叫多田清美的先生吗?"

听到背后的问话声,美野里惊讶地回头看去,只见发问的是一位把茶色头发束在脑后的女子。

"清美?老爷子?"容子舅妈在洗碗池旁边干活儿边反问道。

"是的。这里是多田先生的……"背朝这边的女子确认似的嘟囔道。

"您是哪位？"容子舅妈问道。

"我是清美先生的熟人，姓持丸。"

听女子这样说，美野里不由自主地站了起来。

"哦，他是我外公，就在对面的家里。我……我带他过来。哦，我吃完面条再去可以吗？"美野里慌里慌张地说完，赶紧吸溜着剩下的面条。

"持丸女士，哦，你就是那位田径选手吧？我昨天参观过了，你在进行跳高训练吧？"

美野里走出蓬莱屋，一边穿过停车场，一边抑制着兴奋的心情问道。

"你看我训练啦？失败连连，怪不好意思的。不过，清美先生还活着吧？我一边问店里人一边担心，要是他死了可怎么办？"持丸凉花口无遮拦地说完，自己也笑了。美野里心想：这个人说话一点儿都不客气。

"还活着呢！虽然九十多了，但还算精神。"

"啊，太好了。从没回信……，哦，我经常给他寄信，可他从没回过信，所以我都不清楚他的死活，一直犹豫要不要来这里。不过，难得来高松市一趟。啊？

已经九十多了？太厉害了吧，这算是寿终正寝？"

"'寿终正寝'是那个……去世后用的词。"由于凉花说话太大大咧咧，美野里忍不住笑了出来。

"啊，糟糕！请原谅，我什么都不懂。不过太好了，已经太久没见阿清了。"

"阿清？"美野里在外公房前停下脚步，出于好奇心，她在开门之前问道，"那个，你真是和我外公认识的凉花女士本人吧？"

"哦，你知道我的名字啊！"

"我在外公房间里见过你的来信，然后，听说你是田径选手，还可能会参加残奥会。不过，凉花女士还年轻，又是东京人，我不清楚究竟是怎样的朋友。"

"哦，是练习会，那时阿清已经年过七十了。真的不知道他还记不记得我。"凉花嘟囔着向伸手开门的美野里问道，"是这里吗？"

美野里一边想练习会是什么，一边拨开拉门，朝走廊深处喊道："外公，有客人来了。"

外婆从客厅门口露出脸来。

"告诉外公从东京来客人了。他睡觉呢？"

笛子从客厅出来，向美野里身后的凉花问道："是哪位呀？"

"我叫持丸凉花，是清美先生以前的朋友。"凉花说完使劲鞠了一躬。

"哦，那个……"笛子歪着脑袋对美野里说道，"房间里乱七八糟，见不得人，你把外公带过来吧！"

美野里点点头，在走廊上小跑着进了清美的房间，拍了拍他的肩膀。

"外公，凉花来见你了，起来，起来。"美野里气喘吁吁地说道。

清美睁开眼睛看看美野里，发出能听到的"嚯、哎？"的声音。

"是那个凉花吗？"清美嘟囔道。

"凉花来见你了。她来见外公了呀！"美野里帮着清美起身，"要轮椅吗？"

清美回答："拐棍。"美野里递给他。

清美说："裤子。"美野里递给他叠放在坐垫上的裤子并帮他穿好。

清美穿上搭在椅背上的衬衫,确认似的嘟囔说:"是凉花呀。"然后挂着丁字拐杖从走廊来到地台前。

"哇,阿清,好久不见。我是凉花。"站在门厅的凉花点头说道,"没穿假肢?"

"长这么大个子,简直认不出来了。"清美说道。

"那是呀!已经是大人了嘛!可我还是那个凉花呀!上次在信里也说了,现在正随田径队来这儿集训。不过,因为我今天就得回去,所以想来阿清的店里吃了面条再走,乌冬面实在是太好吃啦!"

"是吧?是吗?吃面条啊!"

站在清美背后的美野里不知清美是什么样的表情。

"阿清,我一定要参加明年的残奥会,到时候你会来为我加油吗?"凉花说道。

"要参加残奥会吗?"清美问道。

"还没最终确定,要看十一月的成绩。不过我一定要去参赛!我一定要去参赛,你明年来看残奥会吧!我希望阿清来看。这次来就是要告诉你这个!因为你一直没回信，所以我就有些犹豫，但能见面真的太好了。"

清美一时什么都没说，美野里凝视着他的后背。

"明白了。我会去看，你要加油呀！"清美嘟囔道。

"我还会写信的。再见啦！"凉花朝清美挥挥手，向笛子鞠躬行礼后转过身去。

"哦，来信的……"笛子像是想起什么一样嘟囔道。

美野里从清美身旁挤过，趿拉着鞋追上凉花。

"那个，我外公打算今天去参观的，可是凉花女士这就要回去了吗？"

"嗯，是这样的呀！遗憾。不过，与其看练习，不如看正式比赛，这样也许更好。我一定要拿到参赛资格，请你也帮我告诉阿清，在残奥会结束之前，绝对不要死。"凉花边走边说。

"练习会是什么呀？凉花女士最后一次见到我外公是在什么时候呢？"美野里和凉花并排走着说道。

"在我小的时候，有个练习穿着假肢做运动的练习会，哦，现在也有。最后一次见到阿清是什么时候来着？我上高中后他应该再没来过，所以可能是北京残奥会之前吧……。但总之这次是时隔十一年见面。太好了，他还没死。"凉花朝大街上边走边说，忽然看着美野里，"请原谅。我老说死啊死啊的。"凉花表情认真地点头行礼。

"我就在前边搭出租车走，你不送我也没问题。那好，代我问候阿清。"

美野里还有很多想问的事情，可她还没有理清该问什么，就已来到了大街上。这里平时很少有出租车来往，可现在却不失时机地来了一辆空车，凉花立刻挥手拦停并上了车。

"要加油呀，明年我一定陪外公去东京。"美野里说道。

凉花打开车窗，伸手做了个胜利的手势。

也许问一下联系方式就好了，可也许打听那个太失礼了，而且不管怎样，清美应该知道凉花的住址。美野里左思右想，目送出租车驶去。

由于持丸凉花结束集训返回了，因此今天不用去观看训练了。美野里向小陆发送信息，然后回到外公家。清美和笛子坐在餐桌旁，边看电视边吃早餐的带馅面包。

"要沏茶吗？"美野里问道。

"谢谢。"笛子答道。

"那个凉花小时候见过外公？然后就开始书信往来了吧？练习会是……"想问的事情还没整理好就从嘴里漫出，美野里忽然停下，扭头看去，只见清美和笛子面无表情地望着电视机，嘴还在嚼动。美野里把茶水放在两人面前。

"以前真的没有好用的假肢，现在也改进了吧？有位做假肢特别好的先生，你外公受到那个人的邀请，本来一直拒绝，但后来还是决定去看一下。那是很久以前的事情了。"笛子眼睛仍然看着电视机说道。

"啊？那是不是我上大学的……"

"就是那个时候吧，后来就不再去啦！"笛子喝了口茶，"刚才就是写信的那个孩子吗？"笛子嘟囔道。

"变得认不出来了。"清美也依然看着电视机嘟囔道，然后哑着嗓音笑了。

"举办过练习会，在东京……"美野里嘟囔道，眼前浮现出清美在站台上的身影——他背着崭新的双肩软包，难为情似的笑着，就像昨天才看到过一样。

"当时要是告诉我是去见朋友，参加练习会就好了。"

清美什么都没说，像漏气似的轻轻地笑了。

原打算乘坐当晚的航班返回的美野里虽然知道凉花已经离开，可还是又去了一趟体育场，她想再看看。

她和昨天一样在接待处表明自己是来参观的，随即走向看台。此时，正有一组坐轮椅车的竞速选手在跑道上疾驰。这已不是昨天的短距离项目，而是要绕跑道很多圈。美野里一边吃着买来的饭团，一边喝着茶水观望。

看台下出现了一群选手，开始做准备运动。他们像是视障人士，一边和同伴、教练们谈笑风生，一边做拉伸运动。

他们是跳远选手。美野里注视着即将开始的竞赛。

身穿运动装、教练模样的人把一名选手领到起跑点，然后跑到沙坑边，转身面朝选手，在跳板前略微前屈身体。当选手举起一只手时，教练喊"准备开始"，然后击掌打节拍。选手开始助跑，击掌节拍从慢到快，教练在选手到达踏板前的一瞬间忽地闪开。

哦，那个人就叫"召唤员"啊。美野里想起小陆说的话。另一名选手在起跑点就位，而这名选手却没有召唤员，她虽然助跑迅猛却没能踩踏板起跳，在沙坑里失速了。美野里感到旁边有人，转眼一看是小陆。

美野里朝向坐在侧面稍远位置的小陆，刚问："哎？学校……"

小陆把食指竖在嘴唇上说："嘘，在进行这个项目的比赛时，必须保持安静呢！"

接下来其他选手依次试跳，有的带召唤员，有的不带召唤员。有的选手在腾空做迈步动作后跳得较远，有的选手只能跳很短的距离，有的选手在踏板起跳时失败。工作人员有时测量跳远距离，有时不测量。教练和召唤员走近选手，频频说着什么。

"你亲身体验过那个项目,是吧?"美野里嘟囔道。

"嗯。在什么都看不见的情况下助跑和起跳真的很恐怖。"小陆说着与昨天类似的话。

观看练习到三点多钟,美野里和小陆离开了体育场。

小陆对凉花来吃乌冬面的事兴致勃勃。美野里对清美年过七十突然要订制优质假肢心怀疑问,而小陆似乎对持续给清美写信的果然是那个持丸凉花感到高兴。美野里告诉小陆:"你曾外公已经和凉花约好了,如果她确定参加残奥会,就去观看。"

小陆情绪激昂地说:"我也要去!绝对要去!从开幕式就去!"

或许不会有什么别的原因,美野里坐在机场大巴里想道。假肢制造技术在快速进步,外公听人说还有性能更好的产品,想过去看看,但由于乘飞机和换乘电车相当麻烦,就暂时作罢了。偶然因为外孙女在东京开始独居生活,就觉得这种麻烦会减轻些,于是打算去一趟看看,或许仅此而已。

若是如此,自己不是多少起到帮助作用了吗?美野里心想。

然后那个名叫持丸凉花的选手恰好去了当时的练习会。也就是说,她在七岁时就已失去了右脚?

## ☺ 外公篇

巴士来到港口，我被转移上去，经过一路颠簸到达医院。在上船、下船和坐车时，看到的都是人群、尘土飞扬的道路和翠绿的群山。

"回来了！""这是故乡的风景！"几个男人又哭又笑地说道。我也觉得绿色的强度有所不同，此前看到的绿色是那么强烈而浓重，而这种似乎被薄雾晕染的柔润绿色确实令人感到亲切。不过，我还是什么都不要去想为好。

这所医院既没有椰树叶屋顶，也没有圆木地板，夜里也没有鸟鸣。虽然仍能听到呻吟声，但已经没有腐肉的气味了。我接受了好几次手术。季节转换，树叶由绿色变成黄色和红色。直到树叶变成茶色，我仍出不了院。

医院发给我铁制的假肢，我开始练习行走。像我这样的男人还有很多，虽然不能说多如牛毛，但还是有十人左右。大家一起练习。说实话，疼痛难忍。截肢创面碰到铁制假肢时，疼得我忍不住喊出了声。

这里有各种各样的伤员。我年龄最小，有的人稍稍年长，有的人和我父母的年龄差不多。有的人性格爽朗，常说笑话，有的人神情忧郁，寡言少语。有的人吹嘘自己在战场上怎样勇敢战斗，有的人则只字不提。有的人坦言疼得走不了，有的人脸冒汗珠却说一点儿都不疼。有的人动不动就说要重返战场，有的人成天谈吃的东西。甚平在哪里？他怎么样了？他正在看什么呢？现在还写日记吗？

耗费了几个星期练习，却也只能走一百米远。虽然想放弃练习，但只要还在这里，就不可能放弃。啊啊，什么都不要去想！我多次叱责自己。不要觉得截肢创面疼就难以忍受，疼只是疼而已；不要觉得练习很痛苦就想放弃，痛苦只是痛苦而已。

有个年长的男人当班长，让我们列队行走。他叫我们唱歌我们就唱歌，一边唱歌一边缓慢前行。

虽然已从战场返回,但感觉还在继续军事训练。一百米之后是二百米,接下来就能走三百米了。虽然增加一百米需要数周时间,但渐渐地就能走五百米远了。我们列队唱着歌行进,对要去哪里感到不安。截断腿脚的我们装上铁脚,勇敢地唱着歌。我们会再次走向战场吗?

行走训练每天都会有,根本无法适应疼痛。明明告诉自己不要有任何感觉,什么都不要想,可还是疼得流出了眼泪。我虽然没对任何人说过,却在心里多次重复:如果从这里出去,就把这铁脚给别人!不能行走也罢,不能奔跑也罢。就这样吧!不走,不跑,只是没有脚,也没有疼痛,仅此而已。

不知用了几个月时间,到了能行走五公里时,我们将各自被移送到原属部队所在地的医院。即将和每天一起行进的人告别,有的人为能归队而欢天喜地,笑容满面;有的人因为没能献出生命,厚着脸皮生还而担心父母不让进门,为此哭丧着脸。有的人相互用力握手,说要从原属驻地重返前线,在战场上见面。

我什么都不想，什么都不讲，只是打个招呼说："给您添麻烦了。"虽然腿还疼，但已经比当初好了许多。在很少的行李中，装着没能还给甚平的日记本，我要在旅途中阅读，追随甚平的目光。在他写惯的那些词语中，有种仿佛没发生过战争般的静谧。蚂蚱在田野中跳跃，稻浪随风波动，乌冬面热气升腾，我和其他男人在笑。当我在他的日记中追视那一幕幕情景时，会忘掉一切，缺少一只脚，装铁制假肢的痛苦，今后会怎样，我全都会忘掉。但尽管如此，我还是会想是谁夺走了我这只脚？虽然我能立即回答是敌人，但因为我不认识那家伙的面孔，所以并不清楚。我不清楚是谁夺走了我的一只脚。

（未完待续）